家族のレシピ

NBS「看取りを支える訪問診療」取材班

材料や調理の手順について相談する優華さんと健渡くん。

野菜を切り、
湯通しする健渡くん。
今日は「福神漬け和えサラダ」を作ります。

味噌汁は健渡くんの担当です。
野菜を切るスピードも
速くなってきました。

冷蔵庫にあった玉ねぎ、ニンジン、ほうれん草、エリンギを入れて具だくさんに。

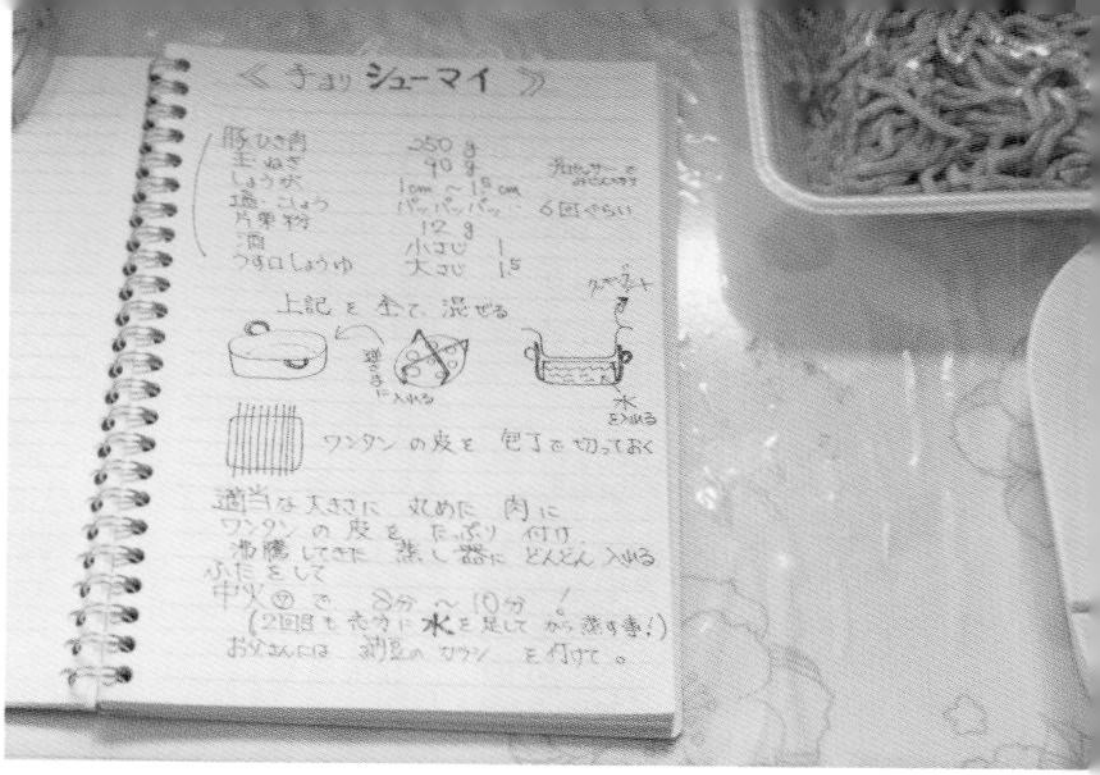

母、伊鈴さんが
残してくれたレシピノート。
イラスト入りで、
作り方がわかりやすく書かれています。

手まりシューマイはお気に入りのメニュー。皮を細く切ってタネを転がす、お手軽レシピです。

三色丼を作る優華さん。
炒り卵、ひき肉、オクラをのせるのが
三嶋家の定番です。

優華さんと健渡くんを優しく見守る父・浩徳さん。自然光が差し込む温かなキッチンです。

あなたは最期のとき
大切な人に
何を残しますか

目次

第1章 発症

第2章　光と闇

第3章　在宅医療

第4章 最期のとき

第5章　絆

ブックデザイン……渡部浩美
撮影……………松村隆史
DTP……………有限会社 美創
取材・文…………森本裕美

家族3人の食卓

２０２２年12月某日。

トン、トン、トン。

ニンジンを切る包丁の音が、台所でゆっくり響いています。

リビングとつながるオープンキッチンに立つのは、三嶋優華《ゆうか》さん（当時21歳）と、弟の健渡《けんと》くん（当時中学３年生）。

カウンター越しに、父親の浩徳《ひろなる》さんが目尻を下げて二人の様子を見守っています。淡い黄色の食器棚には、電子レンジ、炊飯器、そして１冊のノートが。

「今日は全部ここにあるのを作ろうかなと思って」

優華さんが、食器棚に置かれたノートに目をやりました。

そこには「手まりシューマイ」の文字。材料と作り方がイラスト入りで丁寧に書かれています。

母・伊鈴《いすず》さんが残してくれたレシピノートです。

調理師で、家でも料理を楽しんで作っていた伊鈴さん。闘病の末、2022年9月28日に亡くなりました。

「胆のうがんのステージ4」と宣告されたのは2018年。肝臓にも転移していて、手術はできませんでした。

しかし、薬が効き、一時は仕事にも復帰。「もしかしたら、このまま治るのでは」と、明るい未来を描き始めた2022年。薬が効かなくなり、病状が急速に悪化。8月には歩くことも難しくなり、主治医から余命1か月の宣告を受けました。

時はコロナ禍。病院は感染拡大を防ぐために見舞いを制限していました。入院すれば、もう最期まで会えなくなると主治医は言います。そのため、家族は在宅医療を受けることを決断しました。

自宅で、最期まで、家族4人で過ごす道を選んだのです。

「取材承諾いただきました」

長野放送報道部・中村明子記者のスマホが鳴りました。「ピコン」。ショートメールの受信を知らせる音です。

「取材承諾いただきました。50代女性。がんの終末期。よろしくご検討ください」

送り主は、長野県松本市を拠点に訪問診療を行っている、瀬角《せすみ》英樹医師です。

このとき、訪問診療医の活動を伝える取材を続けていた中村記者。瀬角医師に

「取材を引き受けてくれる方がいたら紹介してほしい」とお願いしていたのです。

「9月15日　□時に行きます。△△で待ち合わせて行きましょう」

続くメッセージを確認して、静かにスマホを置きました。

約束の日。

「50代の女性か……」

相手の名前も知らぬまま、目的地の塩尻市に向かい、瀬角医師と合流。

見えてきたのは、目の前に原っぱ、遠くに山々を見据える一軒家。

ピンポーン。

インターホンを鳴らして、「どうも～、お邪魔しますね」と中に入っていく瀬角医師。その後ろをそっと付いていきます。

玄関を上がるとすぐに、15畳ほどのリビングダイニングがありました。

目に飛びこんできたのは、どんと置かれた介護ベッドと、横たわる女性の姿。

三嶋伊鈴さんでした。

左手の壁沿いにテレビがあって、本来ならばソファが置かれるであろう場所。

憩いの中心となる場所に設置された介護ベッドを目にしたとき、中村記者は思いました。

「この家は、このお母さん中心でやっていくんだ」

家族の決意と覚悟を肌で感じると同時に、こうも思いました。

「大変なときに、どうして取材を引き受けてくれたんだろう」

自分がここにいる意味を考えながら、横たわる女性を見つめていました。

「ずーっと、ここが痛かったんですよね。もう苦しーって。止《や》めてーって」

ベッドに仰向けになり、腹水の影響で大きくふくらんだお腹に両手をのせながら、体の状態を伝える伊鈴さん。腰をおろし、伊鈴さんの目をしっかり見つめて瀬角医師が応じます。そんな二人のやりとりを、夫の浩徳さんがベッドの柵に手を置いて心配そうに見守っています。

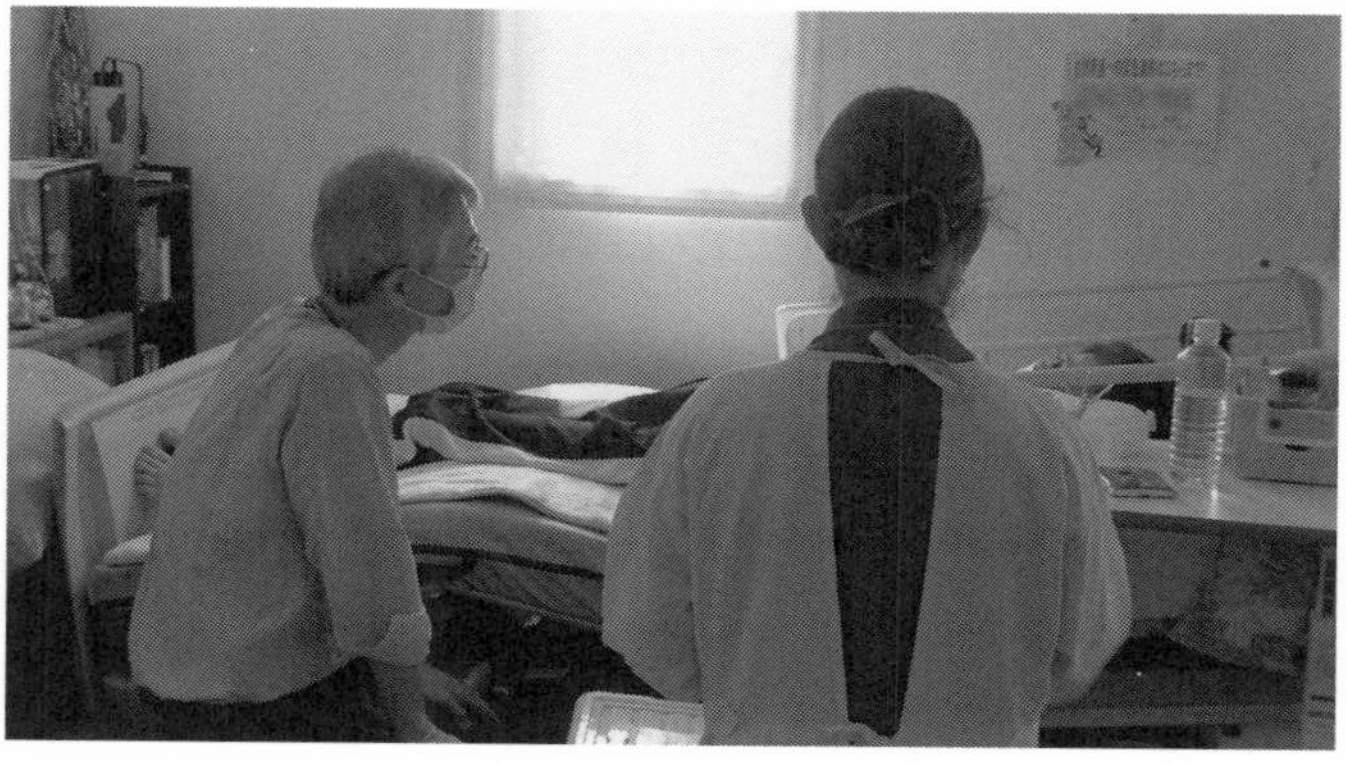

「痛いところはないですか？」

「今は、ないです」

「まぁ、必要なときは来ますから。高速でピュッと。この間も言ったけど、一日一日、大事にね。過去のこと色々考えてもしょうがないから、前を見て。ね」


次回の訪問日を決めて診察が終了。

中村記者が、伊鈴さんに今の心境を聞いていきます。


「辛くなってるけど、まだ、やれることはあったので。壁づたいとか、椅子に座らせてもらって、移動させてもらったりして、やれることはやろうと思って。娘も息子も学生なので、帰ってきたら、ご飯やら、洗い物やら、そういうの大変だろうと思って。お味噌汁とか、そんな簡単なものでもやろうと思ったけど、日に日にできなくなってしまって……。申し訳ないって思いました」

体の左側を下にして、左手で右腕をさすり、大きく呼吸をしながら伊鈴さんがインタビューに答えます。

このときはまだ、顔出しＯＫなのか、本名で紹介してＯＫなのかなど、細かい取材条件は決まっていませんでした。そのため、カメラが捉えているのは、伊鈴さんの首から下のみ。画面いっぱいに、袖からのぞく細い腕と、それとは対照的にふくらんだ大きなお腹が映し出されます。それが病状の深刻さを端的に、残酷に伝えます。

「病院にいても、つまらないの極致なので……。うちに帰ってこれたことは、よかったです」

――家族の顔がすぐに見られますもんね。

「先生たちもね、すぐに飛んで来てくださるし、声かけてくださるし、本当に心強いです」

――こんな風に過ごしたいとか、どんな時間を過ごしたいなって思いますか？

「先生とか、みなさん、できないできないって、嘆くばっかりじゃなくて、笑顔で、接していけばいいんだよって言われているので。あまり遠慮せずに、いっぱい頼りなさいって言われたし、娘も頼っていいんだよって言ってくれるので……。大変な勉強の時期に迷惑かけちゃうけど、お願いしようかなって思っています。（家族といると）笑えますから」

当時、専門学校に通っていた娘の優華さんは、歯科衛生士になるために欠かせない実習の真っ只中でした。弟の健渡くんは中学3年生で受験生。夫の浩徳さんは、定年退職を機に、嘱託社員として働き始めたばかり。

人生の岐路、初めての在宅医療、家族4人の最期の時間。重たいものが重なり、生活はてんやわんやでした。

それでも取材を受けてくれた理由は何なのか？

中村記者は、伊鈴さんの死後、1か月ほどたった頃、家族との雑談でその真意を知ることができました。

浩徳さん、優華さん、健渡くんの3人は、瀬角医師から取材の打診を受けた際、「ないよね」と意見が一致。お母さんも絶対いいって言わないでしょうと思っていたけれど、本人に聞いてみたら「受ける」と。びっくりしたけれど、お母さんが受けるならそれに従おうということで、取材の2回目以降は顔出しもOKとなり、本名で登場。

中村記者はその話を聞いたときに、改めて自分が、いかに大事なものを託されたかを痛感しました。

「最期、覚悟されたお母さんが取材を受けると言ったのは、間違いなく家族のためだ。お母さんはきっと、子どもに残したい、夫に残したいという気持ちで許可してくださったに違いない。これはすごく重い、大事なものを託された」

そして、編集に編集を重ね、２０２２年12月末に『ＮＢＳみんなの信州』というニュース番組内で三嶋家の特集をオンエアしました。翌２０２３年の２月には番組公式YouTubeにアップ。

すると、いつもの何十倍もの勢いで再生され、あっという間に３００万回を突破。大切な人との最期の時間、家で看取るということ、永遠の別れ、それでも続いていく残された家族の暮らし……。コメント欄には「私はこう思った」「私のときはこうだった」など、２５００件を超える感想が寄せられたのです。

本書は、そのように大きな反響を巻き起こした三嶋家の物語を、映像では伝えきれなかった背景や、懸命にサポートした訪問診療医、家族を追った報道記者の視点を交えながら描いた実話です。

第1章　発症

2018年　胆のうがんのステージ4

三嶋浩徳さんが、妻の伊鈴さんから体の異変を伝えられたのは2018年。浩徳さんが56歳、伊鈴さんは53歳のときでした。

これまで、めったに風邪も引かないほど健康だった伊鈴さん。保育園で調理師として働き、家でも家族のために様々な料理を振る舞っていました。

15時頃に仕事が終わると買い物へ行き、特売品をチェックしてその日の献立を決めます。カレーやシチューなども作り置きはせずに、その日に食べ切れる量だけを作ります。常に新しい料理を作って、家族の反応を見るのが伊鈴さんの楽しみでした。

そんな毎日を過ごしていたある日。11月半ばのことです。

「なんか食欲がないんだよね。食べても、すぐにお腹がいっぱいになっちゃう」

「え？　ちょっとしか食べてないじゃん」

おかしいと思った浩徳さんは、病院へ行くことを勧めました。とはいえ、病院に行けば治るだろうと、さほど深刻には受け止めていませんでした。

最初に行ったのは、家からほど近い病院でした。

まず疑われたのは、逆流性食道炎。すぐに胃カメラの検査を受けました。しかし、異常なし。

次にしたのはピロリ菌検査。ピロリ菌に感染すると、胃もたれや食欲不振の症状が出ることがあるからです。けれども、数日後に出た検査結果は陰性。原因がわかりません。

しかし、検査結果を聞きにきた伊鈴さんの顔を見た医師は、明らかな異変を認めていました。伊鈴さんの目に黄疸《おうだん》が出ていたからです。

黄疸そのものは病気ではありませんが、肝臓や胆のう、胆管において機能障害が起きているサインです。

すぐに大きい病院を紹介され、詳しい検査を受けました。そしてついに原因が判明。

明らかになった病名は、予想だにしないものでした。


「胆のうがんのステージ4」


病名が判明したその日。

ブルルル。仕事中の浩徳さんのスマホが鳴りました。

かけてきたのは伊鈴さん。何事だろうと思って出ると、伊鈴さんはひどく取り乱した様子で言いました。

「がんだって言われた。先生がわけのわからないことを言ってる。すぐに入院だって」

「え？　嘘だろう？」

突然耳に入ってきた言葉を、浩徳さんは信じることができませんでした。

伊鈴が、がん？

電話の向こうでは伊鈴さんが何かを口にしていますが、気が動転していたのでしょう。まったく要領を得ません。そこで、自分も付き添って、もう一度医師の説明を聞きに行くことにしました。

後日。

「何かの間違いであれば」と願った二人でしたが、医師の説明は簡潔でした。

「胆のうがんのステージ4です。肝臓にも転移していて、残念ながら手術はできません。今後は抗がん剤で治療をしていくことになります」

それを聞き、一気に血の気が引いていきます。

思えば伊鈴さんは、これまで健康だったゆえ、医者にかかるといえば歯医者ぐらい。健康診断を受けるようになったのは、働き始めたここ数年のことでした。

浩徳さんは、動揺を必死に抑えながら医師に問います。

「どうして手術できないんですか？　がんの手術って、けっこうみんなしてるじゃないですか」

「いや、残念ながらもう無理です。手術をしてもがん細胞は取りきれません」

医師はあっさり言い、今後の方針を話し始めました。

すぐに入院する必要があること。けれどもその第一の目的は、がんを治療するためではなく、がんが転移した肝臓の機能を回復させるためであること。

そのときの伊鈴さんは、胆のうにできたがんによって、胆管（胃と肝臓の間にある、胆汁を通すための管）が押しつぶされた状態にありました。そのため、胆汁が通れなくなり、肝臓が機能せず、黄疸が出ていたのです。だから、まずはそのつぶれた胆管をふくらませる処置が必要でした。

「治りますよね？」

浩徳さんが尋ねると、医師は言葉を濁すように言いました。

「薬が効けばしばらくは大丈夫です」

しばらく？

どう解釈すべきか迷いつつも、医師が言わんとすることを感じ取りました。

「下手をしたら、あと半年くらいなのかもしれない」

思わず伊鈴さんを見ると、彼女もまた顔が固まり、呆然《ぼうぜん》としています。

医師に、あさってから入院するように指示を受け、二人は診察室を後にしました。

沈黙が二人を包みます。

このとき浩徳さんは、心の中で必死に自分を落ち着かせていました。

「先生はああ言っていたけど、でもきっと大丈夫だ。食欲がないだけで、こんなにピンピンしてるじゃないか。伊鈴が死ぬなんてありえない。大丈夫、大丈夫」

動揺する浩徳さんの隣で、伊鈴さんが静かに口を開きました。

「子どもたちには、絶対に言わないで」

いつも通りのお母さんでいたい

告知を受けたその日の夜のことです。

娘の優華さんはお母さんから食事に誘われました。「今夜は、ちょっと外食にしない？」

お父さんは仕事に戻ったので、弟の健渡くんと3人です。

向かったのは近所の「すき家」。

食事をしていると、唐突に、お母さんが言いました。


「ちょっと悪いものが見つかったから、お母さん、あさってから入院するわ」


入院!?

びっくりして顔を上げ、お母さんの顔をじっと見つめます。

でも、別に泣いてはいないし、重苦しい雰囲気もありません。いつも通りのお母さん。むしろ、いつもより明るいようにさえ見えました。

「大したことはなさそうだな」

そう思った優華さんは、「ふーん、わかった」と返事をして食事を続けました。


一方、弟の健渡くんは「ドッキリかな?」と思いました。

たしかに、最近お母さんの食事の量が減っていることには気づいていましたが、だからといって入院なんて信じられません。

「なんで急にこんな嘘をつくんだろう？　お母さんが病気だなんてありえない」

狐につままれたような気持ちで食事を続け、店を後にしました。

当時、優華さんは高校2年生。もうすぐ、楽しみにしていた沖縄への修学旅行が控えていました。今、本当の病名を知ったら心から楽しめなくなるでしょう。あるいは、入院生活をサポートするために、修学旅行に行くのをやめてしまうかもしれません。

健渡くんは小学5年生。伊鈴さんが42歳のときに誕生した待望の長男です。お母さんっ子で、まだまだ手がかかる子ども。

そんな子どもたちに、本当のことなんて、とても言えっこありません。

「いつも通りのお母さんでいたい」

それが伊鈴さんの願いだったのです。

もとから、自分のことより人のことを大切にする、優しくて明るい人でした。

そんな人柄だからこそ、浩徳さんは伊鈴さんに惹《ひ》かれ、結婚したのです。

出会い

二人が出会ったのは1997年。浩徳さんが35歳、伊鈴さんが32歳のときでした。

浩徳さんは運送会社に勤めており、朝早くに家を出て、夜遅くに帰宅する生活。それまでお付き合いしていた人もいましたが結婚には至らず、仕事に邁進《まいしん》する日々を過ごしていました。

そんな中、仕事で親しくなった男性から、女性を紹介してもらうことになりました。「彼女いないの？　じゃあ、俺の妹を紹介するわ」と。びっくりしまししたが断るわけにもいかず、出会いの場がセッティングされました。

場所はデニーズ。浩徳さんが店の中で待っていると、紹介者である男性、男性の子どもたち、その子どもたちを笑顔であやしている女性が入ってきました。

それが後に伴侶となる、伊鈴さんとの出会いでした。

そのときのことを、浩徳さんは少し照れながらこう振り返ります。

「第一印象ですか？　まぁ、きれいな人だなっていうのと、優しそうな人だなというのはありましたね。義兄《にい》さんの子どもたちも懐いていたので、そういうのはちょっとありましたね」

後はご自由にということで、すぐに二人きりに。

それから二人は色々なことを話しました。浩徳さんの地元は愛知県ですが、転勤で長野に来て、そのまま居つく形になっていること。伊鈴さんはここが地元で、今は精密機器会社で事務の仕事をしていることなど。何か言葉を発するとテンポよく返ってきて、呼吸が合う。初対面とは思えない居心地のよさを互いに感じていました。そして、自然に交際に発展。

当時は、ようやくメールが普及し始めた頃。毎晩メールでやりとりをして、週末にデートを重ねました。

デートはもっぱら、浩徳さんのアパートです。土曜日も仕事であることが多かったため、日曜日に家で会うのが定番でした。

けれども、休みが取れれば色々な所へ車を走らせました。付き合って3年目のクリスマスには、軽井沢のペンションへ。その数日後にはお正月旅行として、お台場と草津を巡ったこともあります。

旅行をすると、高速道路のレシートや、ホテルでもらった領収書、観覧車のチケットなどを、伊鈴さんは「それちょうだい」と言って集めていました。「何に使うのかな」と浩徳さんが思っていると、後日、見事に整理されたアルバムが出来上がっていました。写真を現像するともらえるアルバムに、お互いを撮り合った全身写真、顔を寄せ合って自撮りした写真、誰かに撮ってもらったツーショットなどとともに、レシートやチケットがきれいに収められているのです。

そんな、きちんとした性格で、明るくて優しい伊鈴さんに、浩徳さんはどんどん惹かれていきました。

「やっぱり優しいのもあったし、色々気が利くところもあるし。何でも許してくれると言ったらおかしいですけど、こっちが無理なことを言っても『ああ、いいよいいよ』って。今まで喧嘩したこともないんですよね」

押入れから引っ張り出してきてくれたアルバムをめくりながら、伏し目がちに語ります。

付き合いが3年ほど続いた頃、伊鈴さんの妊娠が判明。

'00 2 13

元々「いつかは結婚を」と思っていたので、浩徳さんはプロポーズすることを決意。

「ずっと一緒にいようか」

「はい」

２００１年３月、二人は夫婦になりました。

家族４人の暮らし

結婚・出産を機に、伊鈴さんは会社を辞めて家庭に入りました。２００１年８月28日、優華さんが誕生。２００７年11月22日に健渡くんが誕生。家事や育児に追われながらも、家族４人、幸せな時間が流れていきました。

優華さんは、幼い頃から様々な習い事をしました。公文、ピアノ、水泳、習字、英語塾、テニス、そろばん……など。

けれども、どれもあまり長続きしませんでした。


「公文のプリント終わったの？」

「わかってるってば」


そうは言いつつ、ゲームばかりして怒られるのが日常茶飯事。

お母さんは、何でもどんどん終わらせるタイプ。一方、優華さんはギリギリまで後回しにするタイプ。

好みもまったく合いません。洋服を買いに行き、優華さんがかわいいと思って、「こういうのどう？」と言っても、お母さんは「えぇ？」と怪訝《けげん》な顔。逆に、お母さんが買ってくる洋服は、「えぇ？　ちょっとオバちゃんくさくない？」という感じ。

チャキチャキした明るい性格は似ていましたが、それ以外は正反対。似ているようで似ていない母娘でした。

食事のレパートリーが増え始めたのは、優華さんが小学校高学年の頃です。

「なんか最近、味付きのサラダがよく出るな」

それまで、サラダはドレッシングをかけて食べていましたが、元々味をつけてあるサラダが頻繁に食卓に並ぶようになりました。しかも、味の種類も豊富です。

実はこの頃、伊鈴さんは調理師として働き始めたところでした。育児に専念するため会社を辞めたものの、健渡くんが3歳で保育園に入ったのを機に仕事を再開。以前は精密機器会社に勤めていたので、まったく畑違いの仕事です。

独身時代はあまり料理をしてこなかった伊鈴さん。しかし、結婚を機に大量のレシピ本を買い込んで、料理の腕を磨いてきました。

勤務先は、企業の食堂を運営している会社です。最初の2〜3年は社員食堂に派遣され、洗い場やちょっとした調理を担当。そして、そこでの仕事ぶりが買われ、多くの人が二の足を踏むという保育園へ派遣されることになりました。

保育園の仕事は、アレルギー対応や食材の切り方、ゆで加減など、気を配るべき項目が多く、とても大変だと耳にしていました。

そのため、ミスをしないように、伊鈴さんはA3サイズのノートを買って、仕事のメモを書き留めていきました。材料や作り方、効率よく仕上げるための作業手順、「これ、おいしい!」という感想など。

そして「これ、おいしい!」と感じたメニューは、三嶋家の食卓にも並ぶようになりました。

口では「あぁ〜面倒くさい」と言いつつも、体はてきぱき動いている。そして、ゆうに150を超えるレシピの中から凝った料理を作ってくれる。

そんなお母さん、そんな日常が、優華さんにとっては当たり前でした。

それは健渡くんにとっても同じです。

学校から帰るといつも、目に入ってくるのは台所に立つお母さんの姿。すでに仕事を終えて帰宅したお母さんが、夕飯の支度をしながら出迎えてくれました。

「あっ、健ちゃん。おかえり！」

「ただいま！　行ってきます！」

帰宅するなり、ランドセルを投げ捨てて遊びに行きます。

夕方、泥んこになって帰ってくると、食卓には出来立ての料理が並んでいました。そして、帰りが遅いお父さんは抜きで、３人で食事。それから、お母さんと一緒に宿題をして眠りにつく毎日でした。

健渡くんもまた、たくさんの習い事をしました。体操、習字、英語塾、卓球など。お母さんに勧められて始めたものがほとんどでしたが、合わないと言えば受け入れてくれて、やりたいと言ったことは応援してくれました。

怒られたこともほとんどありません。唯一記憶にあるのは、家の柱に、光るボールペンでいたずら書きをしたときのこと。まだ買って数年の新築です。「ちょっと〜、健渡〜！」と嘆き、叱りながら、お母さんは必死にインクを拭き取っていました。

浩徳さんは、相変わらず忙しい毎日が続いていました。

平日は夜遅くに帰宅することが多いため、用意された夕食を電子レンジでチンして食べるのが常。

子どもたちと関わる時間も少なく、「うちは母子家庭だから」と、伊鈴さんによく言われていました。

たまに「これから○○へ行こう」と3人を誘っても、子どもたちはすぐに動こうとはしません。お母さんをチラッと見て、お母さんが「いいよ」と言ったら、自分たちもそれに従う。浩徳さんいわく「伊鈴と伊鈴の子分たちVS自分」のような関係性でした。

そうは言っても、家族仲は非常に良好。休みが取れれば色々な所に旅行しました。鉄道好きの浩徳さんと健渡くんは、珍しい電車を見るために、男二人で出かけることもよくありました。

大晦日には、年が切り替わるタイミングで「3、2、1……！」と4人でジャンプするのが恒例。

「明けましておめでとうございます！」。元気に挨拶を交わして、近所の神社に初詣に行きます。


優華さんから見ても、夫婦仲は良好でした。けれども、ときにはお母さんがお父さんを怒ることもありました。

「脱いだ服、ここに置いとかないでよ」

「ごめんごめん。後でやるから」

そして結局片づけないお父さんに、お母さんがグチグチ文句を言う。

白糸の滝

2018/04/28

2017/07/16

それでも大きな喧嘩に発展しないのは、「お父さんがしょうもないことばかり言うから」。お母さんが怒っていると「ごめんね」と謝る。そして反論はせずに、しょうもないことばかり言う。そんなお父さんを、お母さんは大きなため息とともに「もう、仕方ないな」と許していました。

お父さんは、大らかでまったく怒らないタイプです。優華さんが覚えている、お父さんが怒った場面は二度だけ。

一度目は、優華さんが幼稚園生の頃。お父さんの実家へ遊びに行った際、そこで飼われている猫に優華さんは指を引っ掻《か》かれてしまいました。するとそれを見ていたお父さんが「こら!!!」と、猫に対してものすごく怒ったのです。それ以来、実家に遊びに行ってもその猫はお父さんを避けて、人が入れない場所にこもるようになりました。

二度目は、弟の健渡くんが2~3歳の頃。お父さんが「健ちゃん、お風呂に一緒に入ろう」と誘ったものの、お母さんっ子だった健渡くんは、一緒に入りたくないとごねました。すると「もうじゃあいいよ!」と言って、背中を丸めてしまいました。

しっかり者のお母さんと、大らかなお父さん。そんな二人に見守られながら、優華さんと健渡くんはすくすくと成長していきました。

どこにでもあるような穏やかな毎日。

それが180度変わったあの日。

「胆のうがんのステージ4」を宣告されたあの日。

伊鈴さんと家族の闘いが始まったのです。

闘病開始

胆のうがんは、早期においてはほとんどが無症状で、黄疸などの症状が現れたときにはすでに進行しているケースが多く見受けられます。乳がんや大腸がんなどに比べて罹患《りかん》率が低く、全悪性腫瘍における割合は1・6％程度。男性と比べた場合、女性の方がなりやすく（男性の1・5～2倍）、5年相対生存率は20％余りと低いのが特徴です。

腹部超音波検査を受ければ早期に発見されることはありますが、症状が出にくいうえ、罹患率も低いため、なかなか検査に至らないことが生存率を下げている要因と考えられています。

伊鈴さんが宣告されたステージ4は、がん組織が胆のうの周囲に広がっている状態。手術ができないケースが多く、伊鈴さんもそれに該当しました。そのため、伊鈴さんの場合は、押しつぶされた胆管を広げることが先決でした。胆管ステン

胆のうがんとは

胆のうはお腹の右上にあり、肝臓と十二指腸をつなぐ胆管の途中にある袋状の臓器。胆のうがんは胆のうと胆のう管から発生する悪性腫瘍。

【症状】
早期がんでは症状がない。進行がんでも胆のうがん特有の症状というものはなく、他の胆のうの病気(胆のう炎、胆石発作など)と共通する以下のような症状が見られる。

・腹痛(上腹部、特に右側、ときに背中のほう)
・黄疸(皮膚や白目が黄色くなったり、尿の色が濃く茶色っぽくなる。皮膚がかゆくなることも)
・腹部腫瘤(右上腹部にしこりができる)

【予防と検診】
40歳を超えたら年に1回は腹部超音波検査を受けることが推奨される。

ステージ別・一般的な予後

	診断	一般的な予後
0期・I期	がん組織が胆のうの中にとどまり、リンパ節や周囲の肝臓や胆管への浸潤がない初期のがん。	切除後 5年生存率 90%以上
II期	がん組織が胆のうの周囲に一部広がっている状態。近傍のリンパ節の転移や肝臓や胆管への広がりが疑われる症例を含む。	切除後 5年生存率 35～45%
III期	がん組織が胆のうの周囲に中等度に広がり、リンパ節の転移や肝臓や胆管への広がりが明らかな症例を含む。	切除後 5年生存率 15～20%
IV期	がん組織が胆のうの周囲に高度に広がり、リンパ節の転移や肝臓や胆管への広がりが高度な症例や腹膜などへの転移を伴う症例を含む。	切除後 5年生存率 5～7%

※大阪医療センターHPを元に作成

ト（胆管を開通させることを目的とする網目状の構造をした筒）を留置することで、正常に胆汁が流れる経路を確保し、肝機能の改善を図ります。そして問題がなさそうであれば、抗がん剤治療を開始する。それが入院の目的でした。

すでに手術ができない。抗がん剤も効くかどうかわからない。そんな不安な状態で伊鈴さんの入院生活は始まったのです。

入院してすぐ、胆管ステントの留置が試みられました。具体的には、口から内視鏡を入れて、胆管にステントを嵌《は》めます。

しかし、うまくいきませんでした。ステントがスムーズに入らなかったため、内部の組織を削った結果、そこが炎症を起こしてしまったからです。

そのため、炎症を回復させるために丸2日間絶食。3日目から重湯《おもゆ》に移行し、4日後に再トライ。すると、今度は無事にステントを留置することができました。

それにより、肝機能が回復し、全身状態が安定。抗がん剤治療を始める準備が整いました。
伊鈴さんは、後に発見された「闘病記」に、当時の心境をつづっています。
けれどもその多くは、辛さを吐露するものではなく、家族に対する思いでした。

平成30年11月28日（水）

昨日の夜、寝ようとすると
ケントさんがシクシクし出したので
手をギュ〜〜っと強くにぎった。
止まらなくなって来たので、涙をふいて
「大丈夫だよ」って言ってあげた。ますます泣いた。
ギュ〜〜っとだきしめた。
朝、「行って来まーす」と言うケントの目に涙。

私も涙。
優華から家を出る直前に袋に入った物を『これっ！』と言って渡された。
優華のやさしさが胸をうった。
こんな母なのにって思った。反省した。
あまり見えなかったけど、優華も涙。私も涙。

優華さんは、入院するお母さんのために、「ナンプレ」をプレゼントしました。ナンプレというのは、規則に従って9×9のマスに1から9までの数字を並べて、マスを全て埋めるパズルゲームのこと。数独とも呼ばれています。
入院中は「きっと暇だろう」と思った優華さん。何がいいか考えていると、新聞に週に1回載っているナンプレを、お母さんは毎週解いていることを思い出しました。

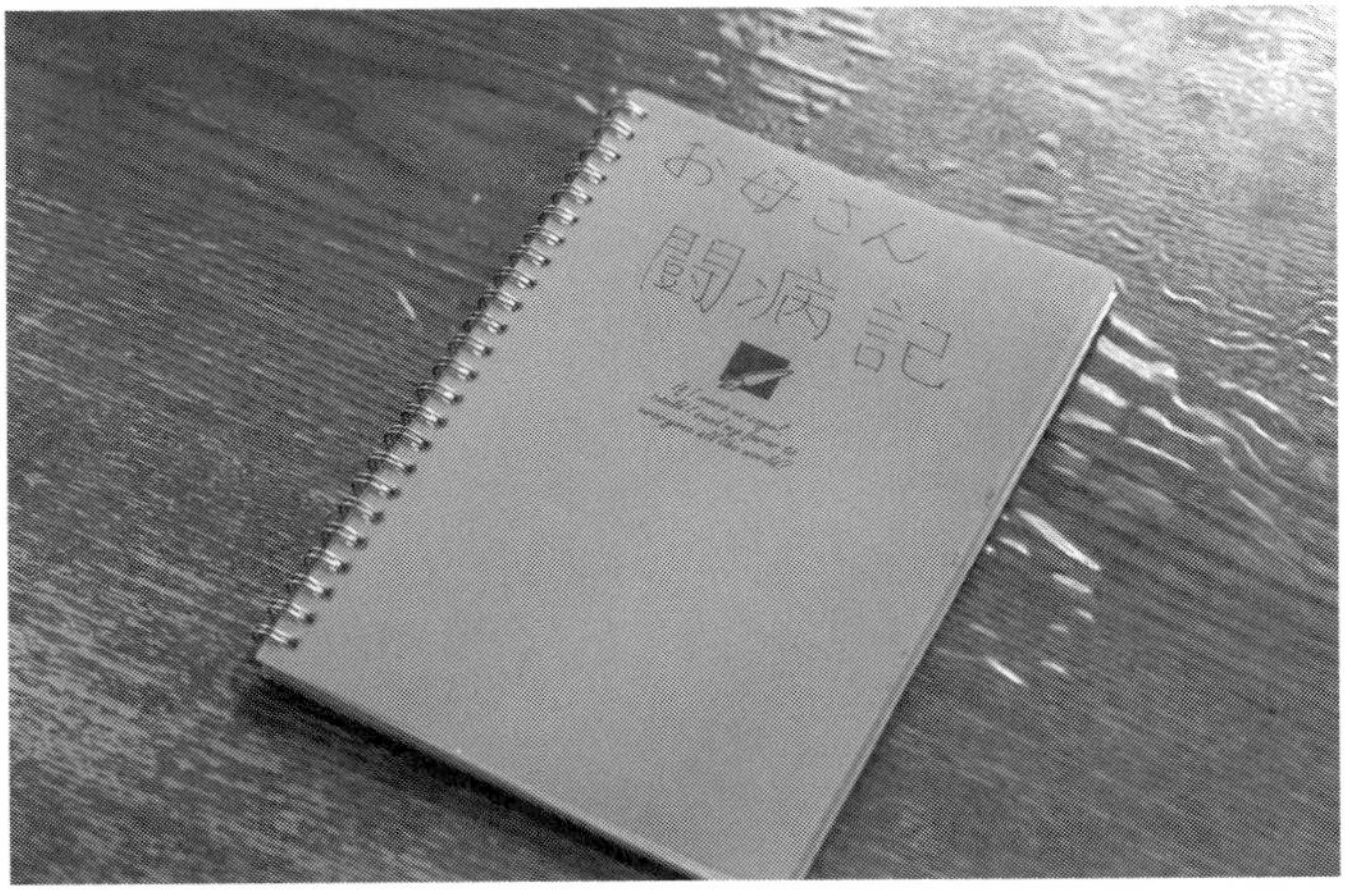
お母さん
闘病記

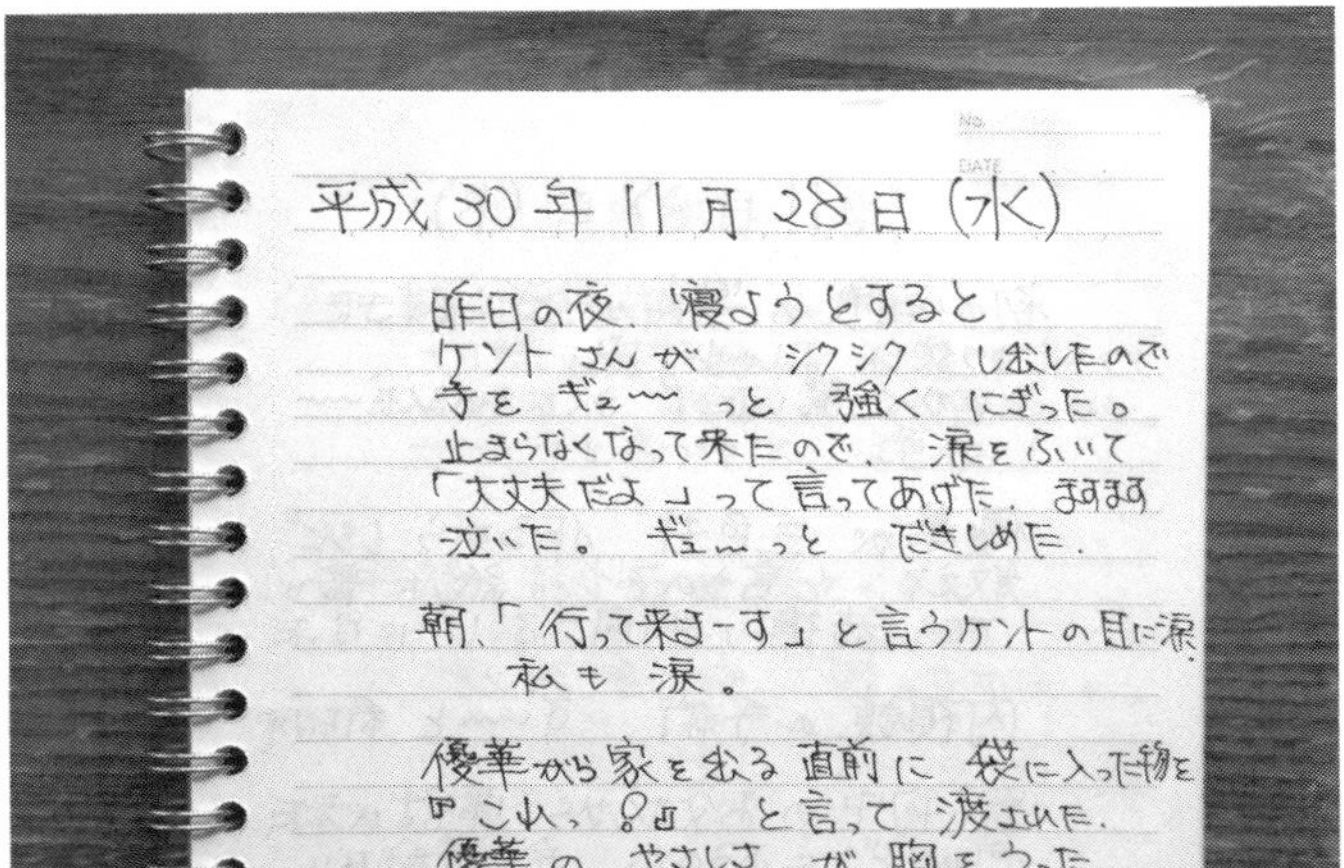
平成30年11月28日(水)
昨日の夜、寝ようとすると
ケントさんがシクシクしおしたので
手をギュ〜〜っと強くにぎった。
止まらなくなって来たので、涙をふいて
「大丈夫だよ」って言ってあげた。ますます
泣いた。ギュ〜っとだきしめた。
朝、「行って来まーす」と言うケントの目に涙.
私も涙。
優華から家をでる直前に袋に入った物を
『これっ!』と言って渡された。
優華のやさしさが胸をうった

「きっとナンプレが好きなんだろう。よし、ナンプレをあげよう！」

そうして、プレゼントが渡されたのでした。

同じ理由から浩徳さんも、後日ナンプレをプレゼントしています。

しかし、これは余談になりますが、伊鈴さんは特にナンプレが好きというわけではありませんでした。後日の闘病記には「みんなナンプレを持ってくるんだよなー」と、やや困惑した様子が記されており、優華さんにも「難しすぎて解けない」と、ぼやいていたそうです。

おそらく、せっかくお金を払って購読している新聞に載っているのだから、解かないともったいないという気持ちで、毎週取り組んでいただけなのでしょう。

とはいえ、いつもナンプレに取り組んでいる自分の姿を覚えていて、喜ばせようとプレゼントしてくれた家族のことが、愛おしくてたまらなかったことは間違いありません。家族に対する愛情は、闘病記の至るところに刻まれています。

12月7日(金)

昨日、Ｄｒより外泊が許可された
朝シャワーを浴びた

沖縄旅行のためのスーツケースを届けに車で
優華を送って行った後、
9時半頃、お父さんが迎えに来てくれた

ＰＭ2：00
健渡が昇降口で販売活動をしているらしいので、
お父さんと行った
健渡を見つけただけで涙が出そうになった

胆管ステントの留置が無事に成功し、初めて外泊が許可されました。この日の晩は、優華さんと一緒にハンバーグを作りました。

12月15日(土)

朝から何となく気力がない
お腹も少々痛い（カロナール飲む）
シャワー浴びた
お昼、1／3残した
DVD見ながら横になって寝る
ベッドがゆれたので地震かと思ったら
優華と健ちゃんがいた！！
今日は来ないと思っていたのに来てくれた。

沖縄の砂、貝、見せてくれた。
きれい～☆☆☆だった

病院は家から離れたところにあるため、子どもたちがお見舞いに来られるのはもっぱら週末。伊鈴さんは、子どもたちに会えることを心待ちにしていました。

2回目の外泊が許可されたときの闘病記には、次のように記されています。

12月23日(日)

朝食作るために早起きするのが辛い
それを1か月もやってくれている優華と
お父さんに感謝を痛感する

ケント、卓球のクリスマス会☆
お父さんの車で行った
ＡＭ洗濯して・・・、トイレのスリッパ変えて、
脱衣所のもよう替えした（いい感じになったぞ！！）

ＰＭ優華と二人　何もせず！
母「部屋を片付けなさい」と言ったらやり出して
優「足のふみ場が出来た♡」と言ってきた。
（何と恐ろしい言葉！　部屋を掃除しなさすぎだな）
夕ご飯・・・鶏南蛮、タルタルソースがけ、カレー、きんぴら、大根サラダ

ケントがサンタさんに手紙を書く
「一日早くプレゼントをいただけないでしょうか」だって。

入院中の一時帰宅であるにもかかわらず、自ら食事を作る伊鈴さん。そればかりか、自分の不在中に家族が料理をしていることに感謝の言葉もつづっています。ずっと料理を作ってきた人だからこそ、作る人の大変さがわかるのでしょう。

お母さんがいないと家が回らない

伊鈴さんが闘病生活を送る一方で、残された家族は悪戦苦闘する日々が始まりました。これまで、家のことを一手に担ってきた伊鈴さんが不在となり、まったく生活が立ち行きません。

しっかり者の伊鈴さんは、百円ショップでカゴを買ってきて、棚の中を整理することがよくありました。使いにくいと感じれば、収納の仕方を変えます。だから家族は、「あれ？　前にここにあったあれはどこに行った？」という具合で、何がどこにあるのか把握できていませんでした。

いつもは「お母さん、あれはどこ？」と聞けば、すぐに出してもらえるけれど、今はそういきません。物を探すたび、不便があるたびに、いかにお母さんに頼っていたかを思い知らされました。


料理も、伊鈴さんの独擅場《どくせんじょう》です。

優華さんは、小学生や中学生の頃に、「一緒に作る？」と声をかけられたこともありましたが、あまり手伝ってきませんでした。もちろん、面倒くさいという気持ちもありましたが、何もやったことのない自分が「これはどうすればいい？」と聞きながらやるよりも、お母さんが一人でやったほうがスムーズだろうと思っていたからです。

だから、料理経験はほぼありません。お父さんも仕事人間なので、料理スキルはゼロ。健渡くんはまだ小学生の男の子。

そんな3人が、突然家事をすることになったのですから、毎日がバタバタでした。浩徳さんは仕事を休み、病院と家を往復する日々。スーパーへ買い出しにも行きますが、何がどこにあるのかわかりません。入院中の伊鈴さんがLINEで教えてくれた料理を作ろうにも、材料に記されている「ひきにく＝ミンチ」だということすら自信が持てない。だから伊鈴さんが送ってくれた文面とスーパーの表示が異なっていると、その都度伊鈴さんに指示を仰ぐという、子どものおつかい状態でした。

優華さんは、家から高校まで電車で1時間かかるため、入院中は部活を休んで急いで帰宅。お父さんと一緒に料理に励む日々。

健渡くんは、せめて自分のことは自分でやろうと頑張る毎日。寂しい気持ちを抑えながら、毎晩、リビングにあるパソコンでお母さんとLINEすることを心の拠り所にしていました。

そんな家族の食事を心配する言葉も、伊鈴さんの闘病記に数多く残されています。

11月29日(木)

初の朝食の写真が送られてきた
サラダはおしゃれだし
とにかく驚いた！！　３人でやれるんだ～～

優華が三色丼　作るからレシピ教えてと言うので
紙に書いてたら結構　時間つぶしになった。

内視鏡の手術　ず～～っと待ちぼうけ。
買い物中のお父さんから　電話が来た。
何がどこにあるのか全くわからないレベル１の人だから、

店の中を歩き回っているらしい。
ホント笑える。

大根の味噌汁用に具を切っておくと
優華が助かると思って言ったら
「どんな風に具が入っていたか　記憶がない！」と言われ
耳を疑った！！！！！！！
そうだね　獣のように食べるだけの人だった。

12月12日(水)

久しぶりにぐっすり眠れた
お父さんとケンちゃんの二人だけの朝。
お父さん初の朝食
すごすぎるボリューム！！！

（ベーコン、ウィンナー2本、レタス、きゅうり、ブロッコリー、鮭1切、みかん）
鮭1切って多すぎてびっくり。

優華より沖縄の写真送られて来るけど
空がどんよりと雲だらけ。
青空にしてあげて～

お父さん初の夕食！
（カニカマ、サラダ、コーン、マカロニサラダ、ハンバーグ、ごはん、インスタントみそ汁）
すごくセンス良くて
びっくりした！！！

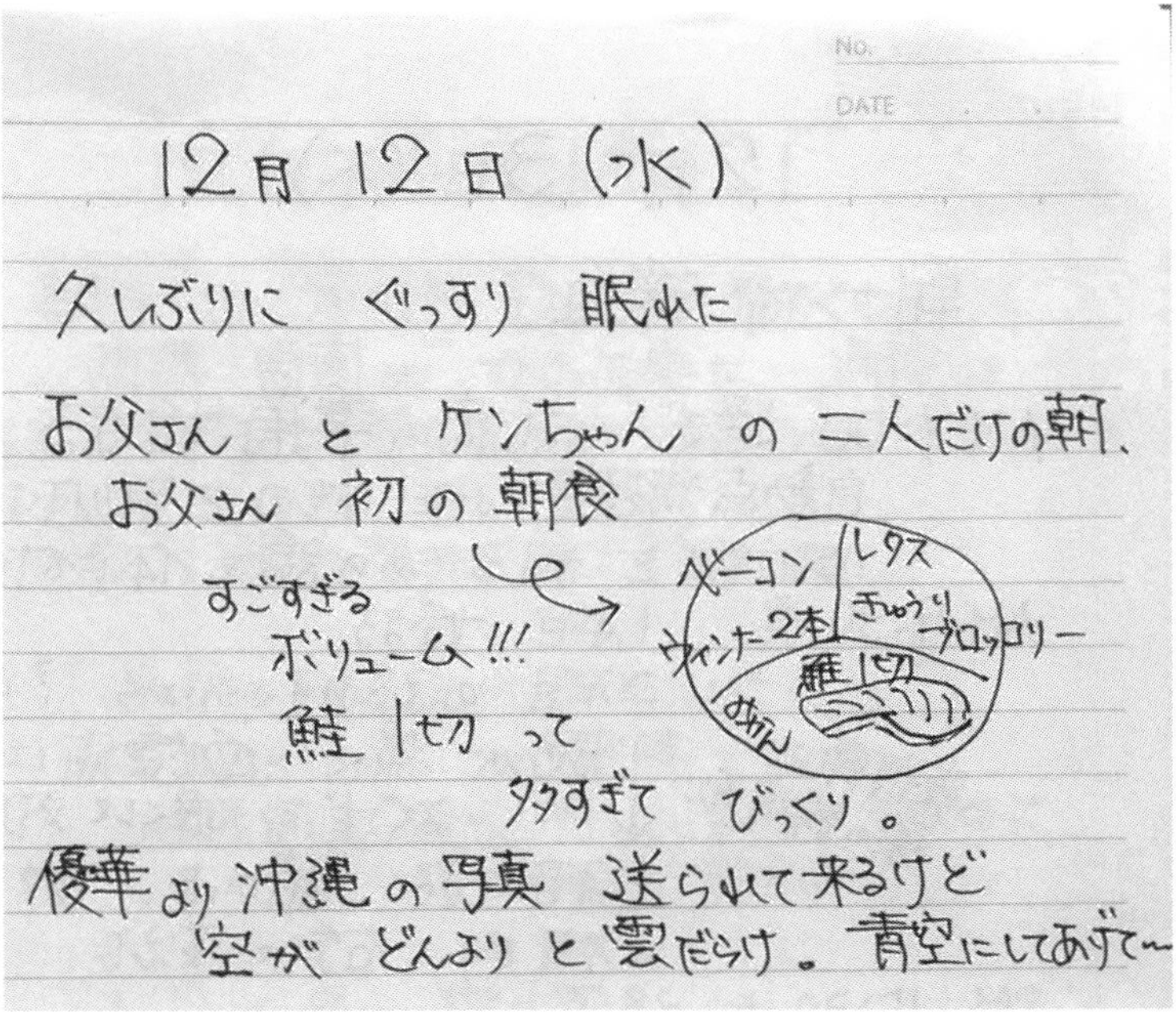
No.
DATE

12月 12日 (水)

久しぶりに ぐっすり 眠れた

お父さん と ケンちゃん の 二人だけの朝、
お父さん 初の 朝食

すごすぎる
ボリューム!!!
鮭1切って
多すぎて びっくり。

ベーコン
レタス
きゅうり
ブロッコリー
ウィンナー2本
鮭1切
みかん

優華より 沖縄の 写真 送られて来るけど
空が どんよりと 雲だらけ。青空にしてあげて〜

抗がん剤治療スタート

胆管ステントの処置を終え、全身状態が安定した伊鈴さん。入院から約2週間後、抗がん剤の治療がスタートしました。

その様子も闘病記に記されていますが、思いのほか淡白な表現が目立ちます。「なんで私がこんな目に」「辛くて仕方がない」。そのような吐露は一切なく、自分の体の記録を冷静に残している印象です。

12月13日（木）

朝一で採血

AM9：00過ぎ

点滴の準備始まる

自動点滴装置みたいなものを取り付けたり
心拍数を測るための線も体に付けた
AM9：30頃
1本目始まる
2本目の終わりぐらいから腕が痛く血管痛に！
スピードを早くして対処
5本目まで痛かった
6本目だけ右手に変えた
PM15：30頃終了

12月17日（月）

気分が悪くなり
息もハーハー
吐きっぽく最悪

看護師さんに吐く用の袋をもらった
ＡＭ中はずーーーーっとダウン

12月18日（火）

吐き気止めの薬が効いてきたかも。
少しだけ食べられるようになってきた

12月25日（火）

朝一で採血。
第２回目の治療。
ＡＭ１０：００　輸液
１１：００　吐き気止め（自動点滴装置を取り付けて）
１１：３０　吐き気止め
ＰＭ１２：５０　シスプラチン（太い血管に変更）

14:40　ゲムシタビン（スタート時のみ痛かった）
15:35　輸液
16:35　終了

抗がん剤といえば、女性なら真っ先に心配になるあのことについても、詳しい記述はありません。抗がん剤の副作用で、髪が抜けることは知られています。伊鈴さんも、その副作用を免れることはできず、主に頭頂部の髪が抜け落ちてしまいました。ところが、闘病記をすみずみまで読んでも、直接的な記述はありません。

唯一、状況を見てとれるのは次の一文だけ。

12月20日（木）

（友達の）由恵ちゃんが、帽子を買って来てくれた感謝！　感謝！　感謝！

伊鈴さんは、抗がん剤の副作用で髪が抜けたことについて、浩徳さんにすら気持ちを吐露しませんでした。

伊鈴さんが髪のことを口にしたのは、退院後に一度だけ。「ウィッグ買ってくるね」と言ったときだけです。

浩徳さんがその晩、仕事から帰ると、リビングの棚にウィッグが置かれていました。頭頂部をカバーする部分ウィッグです。「あ、買ってきたんだ」。そう思ったものの、浩徳さんもそのことについて特に言及しませんでした。

浩徳さんは当時の伊鈴さんの様子を次のように振り返ります。

「女性にとって髪が抜けるというのは、とてもショックなことだと思うんですけど、伊鈴はそういうのを人に見せないんですよね。自分の中で処理してしまって。家族に心配をかけたくなかったのかもしれないですね」

闘病記につづられている言葉は、状況を悲観するのではなく、自分を鼓舞する
ことばかりです。

12月19日(水)

午前中にDrより。
20(木)に薬使おうと思ったけど
ずっと食欲なく来てしまったから
それだと体力的にもきつくなってしまうから
延期して(月)にしましょうとのこと。
いっぱい食べて元気でいなければ薬も使えないし
入院が長くなってしまう!!

前向きに、辛い治療を耐え忍ぶ伊鈴さん。その甲斐《かい》あって、入院から約1か月後の12月29日に退院することになりました。

しかし、がんが治ったわけではありません。

抗がん剤の効果はまだ不明。今後は通院しながら抗がん剤を投与していくことになります。

つまり、伊鈴さんの闘いはこれからが本番なのです。

退院

「よかった。治ったんだ！」

退院したお母さんを見て、健渡くんは心から安心しました。

最初は、嘘だと思っていたお母さんの入院。でも、すき家でお母さんから話を聞いた後、入院の荷造りをする姿やお父さんの様子などを見て、本当であることを悟りました。

何の病気なのか親は教えてくれないし、自分からも聞きませんでした。「入院すれば治る」。そう思っていたからです。

だから、入院して、無事に退院してきたお母さんを見て「よかった。これからまた普通に生活できる」と、ほっとしました。

実際、お母さんはとても元気そうです。やつれた様子もないし、退院したその日から、荷物の片付けや洗濯をせっせとする、いつも通りのお母さん。

「本当によかった」

健渡くんに、いつもの日常が戻ってきました。

一方、優華さんは家に帰ってきたお母さんを、複雑な思いで見つめていました。

実はお母さんが「胆のうがんのステージ４」であることを、退院する直前に、お父さんから知らされたからです。

そのときのことはよく覚えていません。ものすごく悲しい気持ちになった。それだけが強く残っていて、細かいことは思い出せません。

だけど、一人になったときに「胆のうがん」「ステージ4」「生存率」などをネットで検索してみると、表示されるのは「もう全然生きられない」と思わせるデータばかり。

ショックで悲しいけれど、実感がわかない。なぜなら、目の前にいるお母さんは、いつも通りに見えるから。

「お母さん、嘘でしょう?」

優華さんにとって、やりきれない日々が始まりました。

家族のお荷物になっていく

退院を喜んだのも束の間、伊鈴さんを待っていたのは抗がん剤の激しい副作用でした。手足のしびれ、味覚障害、高熱、嘔吐《おうと》、ガタガタ震える強烈な寒気。抜け毛も治まりません。

それに伴い、沈んでいく気持ち……。

退院後も続いていた闘病記には、入院中のポジティブさとは一転して、ネガティブな言葉が所々つづられています。

特に多いのは、自分を責める言葉。

これまで家族に尽くしてきた伊鈴さんにとって、家族の役に立てない自分というのは、何よりも受け入れがたいものでした。

家族に迷惑をかけたくない。

心配もかけたくない。

だけど、頑張りたいのに頑張れない。

そのもどかしさが、伊鈴さんを苦しめていました。

2月24日(日)

家族みんな　特にする事もなく
ダラダラ
こたつに入って　ねころんでばかり。
私のせいだ!!
私がシャキッとしないせいで
みんなの腰が上がらないんだ
ごめんねー

2月25日(月)

特にする事もなく　情けない!!
二階を片付けまくった日もあったのに
最近は何をしていいのか

この家のお荷物になっていく
お父さんばかり働かせて
申し訳ない。
私のせいで「係長」ではなくなってしまった。
いやだったろうなー。
屈辱的だったかな。
ごめんねお父さん。

この頃、浩徳さんは管理職を降格になりました。「運送会社の繁忙期である12月に自分の入院期間が重なり、仕事を休んでいたせいだ」と、伊鈴さんは自分を責めていました。

「まぁ、それだけが原因ではないんですけど、現場に迷惑をかけてしまったので。僕も精神的に参っていたのもあって、降格を受け入れました。でも、その分、時間は多少空いたので、家のことも少しできるようになったかなっていうところはありましたけどね」と、浩徳さんは当時を振り返ります。

2月26日（火）

今日も朝から

何もする気が起こらず情けない。

食欲がない？　気持ち悪さ？

自己嫌悪！！

あまりの寂しさに、お父さんのラインにお昼ごろ

「お父さーーーーん」とだけ入れた。

お父さん、早く家に帰ってきて…って思いで。

ＰＭ１３：１３　優華にも、朝、寒い格好で出かけたから

「さむくないかーい？」ってラインした。

そしたら3時くらいに
「寒くないよー　今日は大丈夫？」って返事が来た。
私の事、心配してくれて優しいなー
いつもひどいお母さんなのにと思ったら
涙が止まらなかった

夜ご飯、私が食欲ないせいもあり、
上手に作れない。
But優華も健ちゃんも「おいしいよ」って言ってくれる

ちょうどこの頃の伊鈴さんは、抗がん剤の6回目の投与を終えたタイミングでした。
ちょっと体がラクになったと思ったら、また悪くなる。その繰り返し。まった

く先が見えません。

その後も、通院しながら抗がん剤の投与が続きました。基本的には、隔週で病院へ行き、朝から丸一日かけて投与します。


しかし、そんな日々がしばらく続いたとき。

ついに、抗がん剤の効果が出始めました。定期的に撮るＣＴで、がんが小さくなっていることが認められたのです。

「よかった、きっと大丈夫だ！」

三嶋家に、光が差し込んだ瞬間でした。

第2章　光と闇

希望

「健ちゃん、もうちょっと右」

「これくらい？」

「もうちょい下」


三嶋家のリビングに明るい声が響いていました。

2019年4月。退院して3か月余りが過ぎた頃。年号が平成から令和に変わるとき。

家族みんなでリビングに集まり、テレビをかぶりつくように見つめていました。

菅官房長官（当時）が画面に登場。手には額。いよいよこれから新年号の発表です。

「ねぇ、見えたー！　令和だ」

ちらっと文字が見えてしまい、優華さんがぼやきます。

「新しい元号は、令和であります」

新年号が収められた額を、カメラに向けて掲げる菅氏。

ちょっと白けた様子の優華さんを盛り上げるかのごとく、伊鈴さんが明るく言います。

「令和で〜す！」

パチパチパチパチパチ。

家族もつられて笑顔になり、一同で拍手。

ここからは、撮影タイムです。

菅氏が掲げる額を、あたかも自分が持っているかのように、額の縁に手の位置を合わせて撮る、おもしろ写真の撮影タイム。マーライオンの口から出る噴水を、自分の口から吐いているように見せる写真と似ています。

「健ちゃん、もうちょっと右」

家族からの指示に従い、笑顔で手の位置を調整する健渡くん。

成功すれば、次の人にバトンタッチ。

「あははは！」


伊鈴さんの闘病記は4月22日を最後に、それ以上書き込まれることはありませんでした。抗がん剤の効果はめざましく、みるみるがんが小さくなっていったからです。

そして、退院した半年後には仕事にも復帰。

三嶋家に、笑顔と希望があふれていました。

治ると思っていた

それから3年間はあっという間でした。

新型コロナウイルス感染症が流行したため、大好きな旅行には行けていませんでしたが、優華さんは専門学校生になり、健渡くんは中学生になりました。浩徳さんは、再び多忙な毎日。そして伊鈴さんは、2週間に一度、通院をして抗がん剤を投与する生活です。

幸いにも、重い副作用が出たのは最初の半年だけで、その後は、浩徳さんいわく「ケロッとしていた」という伊鈴さん。

病院にも一人で行き、一人で抗がん剤の点滴を受けて、「ただいま」と普通に帰ってくる。それ以外は、かつての生活とほぼ変わりません。

職場にも元気に通っていました。ただし、病気のことは内緒です。

「どうしたの？　もう大丈夫なの？」

「うん、ちょっと具合が悪かっただけ。大丈夫だよ」

そうやって言葉を濁しながら、通院していることも隠して勤務していました。

伊鈴さんは、職場が大好きでした。料理を作るという仕事内容はもちろん、仕事が終わって、同僚と一息つきながら雑談をする時間が大切な息抜きになっていたのです。


病気になる前のこと。

浩徳さんは、職場の忘年会へ行っていた伊鈴さんを車で迎えに行きました。健渡くんも一緒です。

車を降りて伊鈴さんに手を振ると、同僚の方々が色めきました。

「あ、あれが旦那さん?」

「わぁ~、健ちゃんでしょう!?」

伊鈴さんを肘で小突くようにして、わいわい盛り上がっています。

初対面にもかかわらず、どこか親しげな反応。

「おいおい、一体、ふだん何を話してるんだ?」

自分や子どもたちが、職場で雑談のネタにされていると感じたものの、楽しそうな伊鈴さんを見て「いい職場でよかった」と安心しました。

しかし、職場が大好きで、仕事熱心だったからでしょうか。こんな出来事もありました。復職し、密かに通院を続けていた頃のことです。抗がん剤の投与が予定されていた日。伊鈴さんは予め《あらかじ》休みを取っていましたが、どうしても仕事に入らなくてはいけない状況になりました。だから、病院に連絡をしたのです。「点滴の日程を変えてください」と。

後にこのことを知った浩徳さんは、烈火のごとく怒りました。「それはダメだよ！　自分の体を優先しないと！」。浩徳さんが怒ったのは、二人が出会って以来、初めてだったかもしれません。

予定を変更して受けた点滴の日、医師からも注意されました。治療のスケジュールを崩してはいけませんと。

伊鈴さんは反省していましたが、そんな伊鈴さんの様子を見て、浩徳さんは若干の不安を覚えました。

「もう治ったつもりでいるのではないか？」

いくら調子がいいとはいえ、がんは油断禁物です。

そんな浩徳さんの不安が現実のものになったのは、それからしばらくたってからのことでした。

薬が効かない

2021年12月。

浩徳さんが夜遅くに帰宅すると、珍しくリビングの電気がついていました。

いつもなら、すでに家族は就寝しているはず。

そこには、伊鈴さんが一人でいました。

「ただいま」

声をかけると、伊鈴さんが顔を上げて言いました。

「薬が効かなくなったみたい」

目にはうっすら涙が浮かんでいました。

浩徳さんは寂しそうにこのときのことを振り返ります。

「ここである程度、本人もどうなるかということは、察したんでしょうね」

その日は、抗がん剤の治療日でした。実は、前回の治療後に、医師からはこんなことを言われていました。

「薬がよく効いているし、体調も良さそうですね。このクールで問題がなければ、しばらく抗がん剤はお休みしましょうか」

そう言われて、大喜びしたばかり。

「このまま治るかもしれない」

トンネルの出口が、ようやく見えた瞬間でした。

だから、意気揚々と向かった、今日の治療。

投与を始める前の診察で、伊鈴さんは前回の治療結果を聞くのを楽しみにしていました。

ところが、医師は思わぬ言葉を伊鈴さんに告げたのです。

「CTを見ると、がんが小さくなっていないんですよね。もうこの薬では治療できないので、今日は帰っていいですよ」

丸一日、点滴を受けるつもりで朝早くから来たのに、そのまま とんぼ返りする羽目に。

点滴中に観ようと思って、いつものように大量に持参したDVDが、ショックを受けた伊鈴さんの心と肩に、ずっしりとのしかかりました。

為す術なし

今まで効いていた薬が効かなくなったため、次の治療日には、別の薬を投与することになりました。

しかし、副作用がひどいうえ、効果も出ません。ＣＴ画像を見ると、がんは以前より大きくなっていました。

そのため、主治医に紹介された新しい治療を、別の病院で受けることになりました。熱を当てて、がん細胞を死滅させる治療です。

がんは、正常な細胞に比べて熱に弱いことが知られています。そこで、高周波の電磁波を当てて高い熱を発生させ、がん細胞だけを狙い撃ちにするのです。

家から車で１時間ほどかけて毎週通いました。しかし、効果が出ないうえ、医師との相性も悪かったため１クールで断念。

化学的な治療を何も施せないまま、時は過ぎていきました。

焦った浩徳さんは、新聞や雑誌を読み漁り、何かできることはないか必死に探しました。民間療法にも目がいきました。「これ、治った人もいるみたいだから試してみない？」。わらにもすがる思いで民間療法の資料を取り寄せ、伊鈴さんに提案します。

しかし、伊鈴さんの答えはＮＯ。保険がきく治療以外は、絶対に受けないと言って首を縦に振りません。家計を預かっていた伊鈴さんは倹約意識が強く、自分のことになるべくお金を使いたくないと考えているようでした。

以前入院していたときも、必ず相部屋の通路側のベッドを選んでいました。窓際だと若干、値段が上がるからです。浩徳さんが「景色が見えるほうがいいじゃん。窓際にしなよ」と勧めても「いい。もったいないから」と、断固として譲りませんでした。

そうこうしているうちにも、時間は流れていきます。

でも、諦めてはいません。

死ぬわけがない。そう信じていました。

だから、その年はPTAの支部長も引き受けました。

3月に行われた、次年度の役員を決める会議で、くじに当たってしまったのです。浩徳さんは「病気だって言って断りなよ」と言いましたが、「なんとか頑張れるから大丈夫」と、伊鈴さんは答えました。

3月の時点ではまだ、薬が効かなくなったとはいえ、体は十分動いていたからです。まさかあれほど急激に状態が悪化するなんて、誰も思っていませんでした。

お母さんを悲しませたくない

時は少し遡《さかのぼ》り、薬が効かなくなった2022年初頭。浩徳さんは伊鈴さんに言いました。

「もう、本当のことを健渡にも言うよ」

伊鈴さんは、黙って頷《うなず》きました。

このとき、健渡くんは中学2年生。「お母さんは元気になった」と思っていました。たまに通院はしているけれど、それは念のため経過を観察しているだけだと。

だから相変わらず、お母さんが作ってくれる料理を「おいしい！」とたいらげ、部活に励み、地域の卓球クラブの練習にも通い、ごく普通の中学生としての生活を満喫していました。

だからこそ、浩徳さんも伊鈴さんも、本当のことをこれまで伝えていませんでした。

姉の優華さんは、申し訳ないけれど、何かあったときのサポート役として欠かせません。だから本当のことを告げました。

でも、まだ中学生の健渡くんには、せめて普通の生活を送らせてあげたい。

母親が末期のがんだなんて、重いものを背負わせたくない。

それが、伊鈴さんの願いだったのです。


「がんだと知ったら、泣いてしまうのでは」

二人は、健渡くんが取り乱してしまうことを心配していました。

だけど、もうこれ以上は隠せません。

健渡くんに真実を告げるときが、やってきました。


その日。

浩徳さんは、卓球の練習を終えた健渡くんを車で迎えに行きました。車の中で、本当のことを告げるつもりです。伊鈴さんにも「今日、伝えるからね」と知らせてあります。

健渡くんを車に乗せ、しばらく雑談。

そして、覚悟を決めて言いました。

「実はお母さん、がんなんだ」

「…………」。何も言わない健渡くん。ステージ４であることや、薬が効かなくなったことなどは伏せましたが、以前入院した本当の理由はがんだったこと。今も治療を続けていることなどを説明しました。

「…………」。相変わらず何も言わず、健渡くんは黙って話を聞いています。ちらっと顔を見ると、涙も流れていません。浩徳さんは、予想外の反応に戸惑いながらも運転を続けました。

数分後、家に到着。

「ただいま！」

いつも通り、伊鈴さんの元に駆け寄って行く健渡くん。卓球クラブでの出来事を、いつも通り伊鈴さんに話して、いつも通りご飯を食べて寝室へ行ってしまいました。

もちろん、ショックを受けていたはずですが、泣き崩れるわけでもない健渡くん。そんな様子を見て、「なんか、拍子抜けしちゃったね」と夫婦は胸をなでおろしました。

けれども、実のところ。

このときの健渡くんは、思いもよらぬ事実を告げられて頭が真っ白になっていました。

お母さんは、元気になったと100%信じていたからです。

だから、車の中で、お母さんががんだと知らされたときは、ショックが大きすぎて言葉が出ないし、涙も一滴も出ませんでした。

呆然としたまま、家に到着。そのとき、思ったことはただ一つ。

「自分がショックを受けていることを、お母さんには絶対に気づかれないようにしよう」

自分が悲しむと、お母さんはもっと辛くなると思ったからです。

そして、誓ったのです。

「絶対に、泣いたりしない」と。

最後の家族旅行

2022年6月18日。この日は浩徳さんの60回目の誕生日です。記念すべき還暦に向けて、伊鈴さんはある計画を立てました。それは、ホテルでちょっと豪華な食事をして、お父さんに赤いちゃんちゃんこをプレゼントすること。

しかし、浩徳さんにそのことを伝えると、「赤いちゃんちゃんこなんて着たくないよ」と猛反発。そして浩徳さんは、食事の代わりに旅行へ行くことを提案してきました。

行き先は岐阜県・飛驒。「Gattan Go!!」という、廃線になったレール上を、特殊な自転車でサイクリングをするアクティビティが目当てです。鉄道好きの浩徳さんと健渡くんにはたまりません。

また、伊鈴さんの病状を考慮すると、あまり遠くには行けないため、ちょうどよいのではということで意見が一致。コロナもようやく落ち着いてきた頃です。行くなら今しかありません。

その裏で、伊鈴さんは、赤いちゃんちゃんこのことも諦めていませんでした。

トントン。

「優華、ちょっといい?」

浩徳さんの目を盗んで、優華さんの部屋へ。

「お父さんに赤いちゃんちゃんこを着せたいんだけど、ネットで買ってくんない?」

「OK」

こうして、母娘が連携し、密かに進められた還暦祝い。

6月18日がやってきました。

日中は、山々に囲まれた「Gattan Go!!」のコースを家族4人でサイクリング。トンネルや橋梁《きょうりょう》のあるスリル満点のコースを、「ガッタン、ゴットン」というレールの継ぎ目の音と振動を味わいながら進みます。

「きゃあ〜」

「気持ちいいね！」

「空気がおいしい！」

必死にペダルをこぎながら、大はしゃぎする4人。

伊鈴さんも、多少疲れやすくはあるものの、まだまだ体は動いています。

そして迎えた夜。

「お父さん、還暦おめでとう！」

優華さんがこっそり持ってきた、赤いちゃんちゃんこと帽子が贈られました。

「まさか、こんなところまで持ってくると思わなかった」と驚くお父さんですが、すっかり観念して、衣装をまといます。

まんざらでもない様子に、家族は大笑い。

翌日も、名所を観光しました。傍《はた》からは、元気で幸せいっぱいの家族に見えたことでしょう。

しかし、これが家族4人で行った、最後の旅行になりました。

余命1か月

6月の旅行のときには、歩いたり階段を上ったりすると、「ちょっとしんどい」という程度だった伊鈴さんの体調は、7月、8月になると急激に悪化していきました。

この頃になってようやく、ＰＴＡの仕事は事情を話して辞めさせてもらい、調理師の仕事も退職することに。

優華さんは、お母さんが実はがんだと知らされて以来、ずっと複雑な感情を抱いていました。

しばらくは悲嘆に暮れましたが、それからすぐに「本当にがんなのかなぁ」と、半信半疑になりました。たまに通院する以外は、これまで通り元気なお母さんだったからです。その後も、何も変わらない日々が続いていました。

ところが、ここ最近は違います。

明らかに具合が悪い母。立ち上がるのも一苦労で、体も痩せ細っていきます。

８月後半。

ここ数日、お母さんの状態について、優華さんとお父さんはＬＩＮＥで頻繁にやりとりを交わしていました。

8月23日（火）

「優華が、お母さんお迎えに行く？」

「大丈夫、かな」

8月24日（水）

お父さんからメッセージ。

「お母さん電話したら背中が痛みが強くて辛そうだった。先生に電話するように言ったけど帰ったら確認して」

「状況によっては病院に連れて行って」

優華さんが返信。

「今から帰ります」

お父さんからメッセージ。

「痩せ我慢させせないように！」

「どんな感じ？」

お母さんの様子を伝えます。

「辛いとは言ってたけど、お父さんに大袈裟！　って怒ってた」

昔から顔を合わせる機会が少なかったため、特に思春期の頃は心の距離が遠かった優華さんとお父さん。

しかし、お母さんががんになったことによって、それどころではなくなりました。協力していくしかない。家族でお母さんを守っていく。それがいつしか、悲しくも家族の絆を強めていきました。

専門学校の昼休み。優華さんがスマホを何気なくいじっていると、いつものようにお父さんからＬＩＮＥが。それは突然の報告でした。

8月25日（木）

「お母さん入院した。」

「このままだと1か月持たないかもと言われた。」

1か月？

いやいやいやいやいや、嘘でしょ。

たしかに弱ってはきてるけど、まだ立ててるし。

嘘でしょう……？

動揺を必死に抑えながら返信。

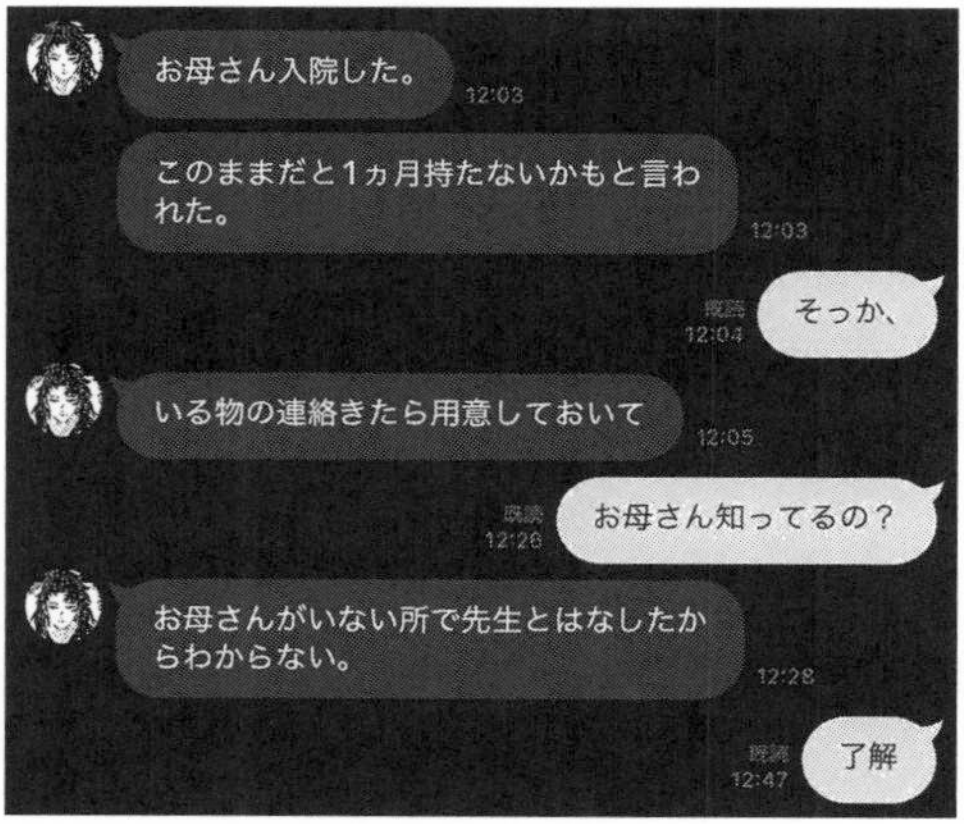

お母さん入院した。
12:03
このままだと1ヵ月持たないかもと言われた。
12:03
既読
12:04
そっか、
いる物の連絡きたら用意しておいて
12:05
既読
12:26
お母さん知ってるの？
お母さんがいない所で先生とはなしたからわからない。
12:28
既読
12:47
了解

「そっか、」

「いる物の連絡きたら用意しておいて」

「お母さん知ってるの？」

「お母さんがいない所で先生とはなしたからわからない。」

「了解」

「今回が最後の入院になるかも」


一通りやりとりを終え、スマホを机に置くと、優華さんは唇を震わせて心の中で叫びました。

学校にいるときに送ってこないでよ！

私、そんなにメンタル強くないよ。

あふれ出る涙を、止めることはできませんでした。

浩徳さんは、健渡くんにも「余命1か月」を伝えました。がんを伝えたときと同じく、無表情で頷いていた健渡くん。

けれども、その日の晩。

布団をかぶり、泣き声を必死に抑える健渡くんの嗚咽《おえつ》が、布団からずっと漏れ出ていました。

入院するともう会えなくなる

8月25日。主治医から余命1か月を告げられた日。

浩徳さんは伊鈴さんを連れて病院を訪れていました。


この頃の伊鈴さんは、腹水が溜まって、お腹がパンパンにふくらんでいる状態。腹水が溜まると、肺が圧迫されるのですぐに息が切れます。胃も圧迫されることで食欲もないうえ吐き気を催しやすく、また、腸も圧迫されることで便秘にもなります。さらに、お腹が重いため、眠るのも歩くのも一苦労……。

パンパンで辛いから腹水を注射で抜いてもらうのですが、そうすると腹水には栄養分も含まれているため、今度は立てなくなるほど体調が悪くなります。抜かないと辛いし、抜いてもだるい。正解がありません。


そんな中、本人がいない別室で医師から告げられたのです。

「おそらく、1か月持ちません」

これまでも、浩徳さんは伊鈴さんとともに、がんと闘ってきました。最初に病名を告げられたときも、薬が効かなくなったときも、もちろんとてもショックでした。

それでも、「なんとかなるのでは」と、心のどこかでは思っていました。

しかし今。ついに、命の期限が提示されたのです。

間もなく終わりが来るなんて。

しかもたったの1か月だなんて……。

目の前が真っ暗になり、呆然としていると、医師はこう続けました。

「今はコロナだから、家族でもお見舞いができません。入院するともう会えなくなります。だけど、在宅医療ならみんなで顔を合わせられます。どうしますか？」

それから、在宅医療について医師から説明を受けました。

訪問診療医が家に来て、診察をしてくれること。だけどそれは治療ではなく、憂いを緩和するためであること。点滴などの医学的な処置は、看護師や医師が行ってくれるから心配ないこと。金銭的にも保険がきくので、基本的には入院するのと同程度で済むこと。

一通り説明を聞いた浩徳さんは、在宅医療をお願いすることに決めました。数日間入院し、態勢が整い次第、在宅医療がスタートします。

医師と話を終えて、沈んだ気持ちで部屋を出ると伊鈴さんが待っていました。

「先生と何を話したの？　何か言われたでしょう？」

浩徳さんの目をまっすぐ見つめて、問いかけてきます。

「何も言われてないよ」

自分でさえこんなにショックを受けているのに、より一層ショックを受けるであろう伊鈴さんに、とても本当のことなんて言えません。

「嘘だ。何か言われたんでしょ、絶対。いつ？　いつって言われたの？」

執拗《しつよう》に問いただす伊鈴さん。

「いや、絶対言われてない。絶対」

必死にごまかす浩徳さん。

話題を変えるかのごとく、今後は在宅医療を受けることになったことを伝えました。

「家なら、家族みんな一緒だからさ。今は入院するとコロナで会えないし。それだったら、家のほうがいいんじゃないかって、先生が勧めてくれたんだよ」

こうして、三嶋家の在宅医療が始まることになりました。

終末期の在宅医療。

患者本人、家族にとっては医学的な治療が終わったと感じざるを得ないでしょう。

今までと同じように家で家族と過ごすとはいえ、覚悟を伴う時間になります。

同じようでまったく違う最期の1か月が、三嶋家を待っていました。

第3章　在宅医療

訪問診療医・瀬角英樹

２０２２年9月某日。

長野県松本市にある「訪問診療クリニック樹《いつき》」は、この地域で唯一、訪問診療を主としている医院です。

そこで所長を務める、瀬角英樹医師の携帯電話が鳴りました。

かけてきたのは、松本市にある大きな病院「まつもと医療センター」のソーシャルワーカー。いつものごとく、新規患者さんを受け入れ可能かという問い合わせです。

「ちょっと遠いんですけど、大丈夫ですか?」

住所を聞き、壁一面に貼ってある地域の地図を指でたどります。

「うん、ちょっと遠いね」

訪問診療できるのは、医療機関から半径16キロ以内と法律で決まっています。

言われた住所は、かろうじて半径16キロに収まっていました。

「ギリギリ大丈夫だね」

引き受けた瀬角医師のもとに、診療情報提供書（医師が他の医師、あるいは医療機関へ患者を紹介する場合に発行する書類。現在までの診療の総括と紹介の目的が記されている）がＦＡＸで届きました。

「胆のうがんの終末期で、一定期間はいい時期があったけれども急激に悪化。お腹に腹水も溜まっていて状態が悪い」

内容を確認し、ソーシャルワーカーと初回の診療日を取り決めます。

「それでは、よろしくお願いします」

「はい」

電話を切り、地図とは別の壁際に置かれている大きなホワイトボードに、新規の予定を書き込みました。

「9月8日　三嶋さん　塩尻」

9月8日　訪問診療初日

2022年9月8日。

ピンポーン。

瀬角医師がインターホンを鳴らすと、60歳前後の男性が出迎えてくれました。

簡単な挨拶を済ませて家の中へ。奥には、娘とおぼしき女性もいます。

そして、介護ベッドに横たわる女性の元へ向かいました。

三嶋伊鈴さんです。

「三嶋さん、はじめまして。訪問診療医の瀬角です。これからよろしくお願いします」

腰をかがめて目線を合わせ、挨拶を交わします。

体調を軽く確かめて、しばらく雑談。緊張がほぐれた頃、瀬角医師は家の中を見渡して言いました。

「じゃ、ちょっとおうちの中を見せてもらいますね。ご主人、トイレはどこですか？」

今はかろうじて歩けていますが、自力で歩行できなくなったとき、どこに手すりをつければいいか？　車椅子を導入した場合、廊下を通れるか？　あくまでも本人が自分の力でトイレに行くことを目指して、瀬角医師は家族にアドバイスをしていきます。


生活動線の確認を終えて、本格的に診察を開始。

手足は痩せ細り、腹水でお腹が大きくふくらんでいます。

心配そうに近くで見ているご主人が、状況を説明しました。

「実は昨日、腹水を抜いてもらいに病院へ行ったんですけど、今日はやめておきましょうって言われて抜けなかったんです」

「どうしてですか？」

「血圧が低いからって」

「ああ……」


実は、一般的には腹水を抜くと血圧は下がると言われています。そのため、すでに血圧が低い伊鈴さんが腹水を抜くと、血圧はさらに下がることになります。そうなると命に危険が及ぶため、病院は腹水を抜こうとはしませんでした。


状況を理解した瀬角医師は、家族を安心させるように言いました。

「腹水が溜まると辛いですよね。抜くタイミングであったのであれば、じゃ、今日抜きましょう」


病院では抜けないけれど、在宅では抜ける。

この違いはなんなのでしょうか。

瀬角医師は次のように説明します。

「やっぱり、安全性の問題があるんですよね。何かをすることで、何かが起きてしまって、それが患者さんにマイナスに働くのであれば、それはやらない方がいいというのが病院の考え方だと思うんです。何かあって訴えられでもしたら医師人生が終わってしまうし、病院の評判が落ちることもあるでしょう。

一方、訪問診療医の仕事というのは、『最期の時間をその人らしく生きていくために必要な医療を提供する』ということだと、僕は考えています。だから、やれることはやってみましょう、僕らが責任を持ちますよという形でやらせていただいています」

「最期の時間をその人らしく生きていくために必要な医療を提供する」。瀬角医師のこの信条は、先ほどの動線確認にも表れています。

そもそも、終末期で体力が著しく落ちているのに、自分でトイレに行く必要はあるのか？　転倒したら危ないし、家族に介助してもらえばいいのではないか？　自分でトイレに行ける人は、そう考えるかもしれません。

けれども、トイレに行くということは、人としての尊厳を守るためにとても大切なことです。

「失禁したり、おむつに出したり、管を入れられるということよりも、最後までトイレに自分で行きたいという思いを、やっぱりみなさん強く持っておられるんですよね。だから、トイレに安全に行く。そのための動線というのは大切にしています」と、瀬角医師は語ります。

腹水を抜く準備をしながら、瀬角医師は家族に説明しました。

腹水を抜くと体内のタンパク質が減るという問題があること。けれども、それはアルブミンというものを点滴に入れることで補完できること。

元々消化器内科が専門で、腹水を抜く処置を数多く経験している瀬角医師は、手際よく処置を進めていきました。

取材打診

腹水を抜いているとき、瀬角医師は伊鈴さんの診療情報提供書を見て、あることに気づきました。

「あれ？　三嶋さんって今日誕生日？」

偶然にも、瀬角医師が訪れた２０２２年９月８日は、伊鈴さんの57回目の誕生日でした。

「じゃ、ハッピーバースデーでも歌いますか」

ハッピーバースデートゥーユー♪　ハッピーバースデートゥーユー♪

ハッピーバースデー　ディア伊鈴さ〜ん　ハッピーバースデートゥーユー♪

歌い終わると、伊鈴さんは嬉しそうな表情を浮かべていました。そして、ケーキを食べたいと言います。ご主人が「食べさせても大丈夫でしょうか？」と瀬角医師に訊《たず》ねました。

「どうぞ、どうぞ」

フォークで小さく切り分けたケーキを、ご主人が伊鈴さんの口に運びます。

一生懸命、身の回りの世話をするご主人を見ながら瀬角医師は思いました。

「仕事を休んで付き添って、いい旦那さんだな。でも、本当に家で頑張れるかどうか、ちょっと不安を持っていそうだから、僕らがちゃんとやるから大丈夫だとしっかり伝えて、旦那さんをフォローしていこう」

和やかな雰囲気の中、会話が軽快に交わされていきます。

「優しそうな先生で、よかったです」

「いや、僕なんて、そんな全然優しくないですよ。昔は本当にひどい医者で」

「どんな先生だったんですか？」

「昔は、こんなことがあってね。こんな悪さをしてました」

「え〜（笑）」

そして、すっかり打ち解けたとき、瀬角医師は言いました。

「ところで、実は今、僕が長野放送のテレビ取材を受けていて、撮影させていただけるご家庭を探しているんです。全然、ほんっとに断っていいですから。断っていいけれども、おうちで最期を過ごしたいと悩んでいる方たちに希望を与えるために、ご協力いただけないでしょうか。ちょっと考えてみてください」

伊鈴さんもご家族も、「えっ……」という感じ。

受けてくれるかな、ダメかもなと思いながら、瀬角医師は三嶋家を後にしました。

人生の最期を輝かせてほしい

瀬角医師が、長野放送のテレビ取材を最初に受けたのは、2021年の夏でした。

「松本市に訪問診療を主とするクリニックが開院した」という情報が、長野放送の関係者に届き、「話を聞かせてほしい」と声をかけられたのがきっかけです。

瀬角医師が「訪問診療クリニック樹」を開いたのは、2021年4月。60歳の還暦を機に独立しようと以前から計画していました。

元々、「がんを早期で見つけて、体に大きな影響がない段階で治療をして、がんで苦しんで亡くなる患者さんを少しでも減らしたい」。そんな思いを胸に、駆け出しの頃から患者さんと必死に向き合ってきた瀬角医師。信州大学医学部を卒業後、消化器内科を専門に県内外の病院で研鑽《けんさん》を積んでいました。

ところが、どんなに「早期発見が大切です」と医師が訴えても、末期で来院する人が後を絶ちません。

焦燥感を覚えると同時に、こう思うようになりました。

「末期の人たちにこそ、人生の最期を輝かせてもらいたい」

特にその思いを強めたのが、瀬角医師が30代で札幌の病院に勤務していたときのことです。

がんの終末期で、ベッドから動けない70代の男性が、「最期は家に帰りたい」とずっと言い続けていました。

瀬角医師は一時帰宅を許可して、看護師とともに付き添うことに。男性は2時間、自宅で過ごし、病院へ戻る車の中でこうつぶやきました。

「あぁ、一生の思い出になった」

その言葉を聞いて、瀬角医師は大きな衝撃を受けました。

「70年も生きていて、もっと楽しいことはいっぱいあったはずなのに『一生の思い出になった』と言ってくれるなんて……。最期に家に帰りたいという思いは、本当に大事なものなんだろうな」

そして、いつか看取りを支える訪問診療医になろうと決めたのです。

実現した今。瀬角医師が考える、いい最期と、いい看取りというのは、どのようなものなのでしょうか。

「最期の時間を自分らしく生き切ったかどうかだと思うんですよ。死ぬというのは、最期を生きるということです。

例えばその人が、音楽が好きなのであれば、音楽に包まれて最期の時間を過ごしたのか、とかね。

これは昔の例だけども、大腸がんの肝臓転移で肝臓がすごく大きくなってね、黄疸が出てる方がいたんです。その人はすごくパスタが好きなの。おいしいパスタを食べるのが好き。まだ比較的若い女性だったんだけども。でも肝臓が悪いって言われてたので、脂っこいパスタなんてね、食べちゃいけないよってずっと言われてパスタを我慢してた。最後の最後になっても、旦那さんももう最期だっていうことも言えずに、本人も聞けずに、パスタが食べたい、パスタが食べたいって言いながらも、我慢して死んでいっちゃったっていうのがあって。なんで食べさせてあげられなかったんだろうなっていうのがすごく残念でした。

あと、がんの治療をしていると、生ものを食べるなって言われることがよくあるんです。お寿司が好きなのに、食べてないんですって言う人がいる。そういう人には、食べていいよって言ってるんですけれども、そういうこともできずに亡くなる方もいるし。

ある人は、大切な人に会えずにね。息子と疎遠になっちゃって、息子のことが心配だって言いながら、言いたいことを言えずに亡くなりました。

だからやっぱり、その人が本当に最期にやりたかったこととか、その人らしく生きたかったことっていうところをなんとかやってほしい。家族もそういうことをやった本人を見て満足するんだろうしね。本人の満足と家族の満足。それをしっかり支えていきたいし、僕も見たいし。

だから、『満足死』っていうのを、僕は提唱してるんです。満足死というのは、本人が最期の時間を自分らしく満足に過ごすということ。そして、ご家族も満足に過ごすということ。それを見て知って、支えた僕らチームも満足すること。

最期の時間を家で過ごすということを諦めている人もいると思いますけど、どうか、諦めないでいただきたい。家族にも迷惑がかかるだろうし、家に帰りたいなんて言わないでおこうって我慢してる人たちっていうのもいると思うけども、お互い様だから。その人が今回、迷惑をかける番かもしれないけど、その人だって誰かを支えた経験はあるでしょう。もちろん、子育てのときには子どもを一生懸命見たし、自分のお父さん、お母さんの面倒も多分見たでしょう。だからお互い様なんです。

それに、いろんなサービスを導入すれば、家族の負担は大幅に減らすことができます。だから、最期の時間を家で過ごすという選択肢を最初から捨てないでください」

瀬角医師の根底にあるのは、「やれることがあるなら、ちゃんとやろう」という思いです。

そのため、昔は同僚と衝突することもありました。周りの人が適当に仕事をしているのを見ると憤り、「ちゃんとやってください。患者さんのためにならないでしょう！」と怒りを抑えきれず、カルテを投げたこともあります。電子カルテが入ったノートパソコンを手で払い、壊れてしまったこともありました。

「自分はこうしたい。医療はこうあるべきだ。みんなも付いてきてください！」

熱い思いが空回りをして、組織の中で次第に浮いていきました。

けれども、今ならわかります。

適当に仕事をしているように見えても、その人にとっては頑張っている場合があるということ。

自分の思い通りにならないからといって、感情をぶつけるのではなく「頑張ってるよね。でも、もうちょっと頑張ろうね」「何がいけなかったんだろうね。そこを一緒に考えよう」と言うことが大事だということ。

こうして、紆余曲折を経て訪問診療医になった瀬角医師は、現在365日、24時間、一人で患者さんを診察しています。この頃受け持っている患者さんは約140名。そのうち終末期の方が10名程度。

「若い頃はとんがっていて、色々な所でさんざんご迷惑をおかけしたので、残された医師人生で少しでも恩返しできればと思っています」と、瀬角医師は言います。

そして2022年9月13日。三嶋家の2回目の訪問診療。

「テレビ取材はなんとか可能です」と、ご本人からOKが出ました。

診察を終えて車に乗り込み、ショートメールのメッセージを打ち込みます。

「取材承諾いただきました。50代女性。がんの終末期。よろしくご検討ください」
長野放送報道部・中村明子記者に送信しました。

長野放送報道部・中村明子

中村明子記者が所属しているのは、長野放送報道部。事件、事故、地域の課題などを扱うニュース番組を制作しています。

2021年の夏、中村記者の前任者が瀬角医師に密着して取材を開始し、すでに一人の患者さんの様子を『NBSみんなの信州』という夕方のニュース番組で放送していました。

特集は、大きな反響を呼びました。

時はコロナ禍。

入院したら家族と会えない。けれども、在宅医療なら、最期まで家族と過ごせる。

社会全体が特殊な環境を強いられていた中で、多くの人が改めて死を考えるきっかけになったからです。

会社は、「これはこのまま終わらせてはいけない大きなテーマだ」と、力を入れることになりました。当時、中村記者も「死を扱う難しいテーマだけれど、それだけに胸に迫るものがある。〝最期を考えること〟は誰にとっても必要なことだ」と感じていました。

そして、2022年2月、中村記者が本社から松本市の支局への異動を内示された日。上司から看取りの取材を託されたのです。中村記者は「まさか自分が担当することになるとは」と驚くと同時に思いました。

「重いものを背負ってしまった」と。

入社して13年。記者として様々な現場を経験し、ときには長期的な取材もしてきました。常に取材者に寄り添いながら一緒にその先を思い描いてきました。けれども、今回はそういかないでしょう。どういう展開になるのか、それによってどういうことを伝える番組になるのかが、まったく読めません。

さらに、一個人として「最期を家で過ごす」ということに関して、これまで意識したこともありませんでした。身近な親族や知り合いに自宅で最期を迎えた人がいなかったので、最期を家で過ごすというのは、特別な思いがある方がすることだと感じていたからです。

これまで、自分にまったく縁がなかったテーマ。しかも、展開が見通せない。中村記者は、「自分にできるだろうか」という不安とプレッシャーに押しつぶされそうになりながら、取材に臨むことになりました。

親孝行がしたい

在宅医療が決まった頃、優華さんはある計画を思いつきました。間もなく、お母さんの誕生日です。だから、誕生日プレゼントとして、お母さんに家族旅行をプレゼントしようと考えたのです。

毎年、自分や弟、お父さんの誕生日には、盛大にお祝いをしてくれるお母さん。だけど、お母さんの誕生日や母の日に「何が欲しい？」と聞くと、「いらない」と言ってプレゼントを拒みます。「私のためにお金は使わなくていいから。自分のために使って」と。それでも、お花やプレゼントを毎年渡してきましたが、豪勢に祝ったことはこれまで一度もありませんでした。

だから、今年こそは。

本当は、来年就職してからちゃんとしたお祝いをしたかったけれど、それはできなそうだから……。

「ねえ、お母さんの誕生日に、どこか近くでもいいからホテルを取って、お祝いしようよ」

「いいよ、そんなことしてくれなくて」

「いいじゃん、せっかくだし。ほら、ここなんてどう？」

「んー」

これまで本当に色々なことをしてもらってきたから、ちゃんとした思い出を残してほしい。その一心で、優華さんは密かに予約を取り、「もう予約したから行こうね！」と、半ば強引に計画を進めます。

お母さんも「わかったよ。だいぶ体力は落ちてきてるけど、9月8日ならまだ行けると思う。ありがとう」と、旅行を心待ちにしていました。

ところが、体調は坂道を転げ落ちるように悪化していきました。

昨日できていたことが今日はできなくなり、今日できたことが、明日はできなくなる。一日ずつ、命が削られていきます。結局、旅行に行くことはできませんでした。

娘と母

在宅医療が始まってから、優華さんは家事や買い物、食事の準備、お母さんのお世話、学校の実習など、たくさんのことに追われていました。力仕事や深夜のお世話など、24時間体制で介助しているお父さんを見ていたので、「力仕事は無理だけど、なるべくできることはやろう」。そう思って、体を拭いたり、着替えさせたり、体をマッサージしたり、自分にできることを必死にやっていました。

学校が終わり、買い物をして夕方帰宅。それからご飯を作る日々。

けれども、帰宅すると、お母さんが台所にいることがよくありました。

「お母さん！　私が作るからいいって言ってるでしょう？」

「ここまでしかできなかった。ごめんね」

何度、優華さんが自分でやるからいいと言っても、お母さんは立てなくなるギリギリまで料理を作っていました。

もう、自分が食べられるわけでもないのに。

食欲が落ち、口を大きく開けることも難しくなっていたお母さんは、ほとんど食事を取れなくなっていました。

主な栄養源は、缶に入った栄養剤です。異様に甘く、決しておいしいとは言えません。だからお母さんは、少しでも口にしやすいように中身を凍らせて食べていました。

優華さんは、お母さんが最後に作ってくれた料理が何だったのか、覚えていません。

本当に毎日作ってくれたから。明日もまた作ってくれるのかなと、期待するわけではないけれど、明日もそれが続くと思っていたからです。

けれども、いつしか台所に立てなくなり、立ち上がることもおぼつかず、寝たきりになっていくお母さん。

在宅医療でいつも一緒にいられて嬉しいけれど、そんなお母さんを見るのがどんどん辛くなっていきました。

姿を見ると泣けてきます。痩せ細って寝ているお母さんを見るのが耐えられません。

でも、泣いているところは見せたくない。

だから、学校から車で帰ってくると、車の中で一人、涙を出し切ってから家に入る。それが優華さんの日課になりました。

息子と母

健渡くんは、学校から帰ってくると、真っ先にお母さんのベッドに向かいます。

「今日、休み時間にこんなことがあったんだよ」

「もうすぐ文化祭だから係を決めるんだ。何にしようかな」

その日にあった出来事を話します。

お母さんが好きなバラエティ番組の時間になると、チャンネルを変えてスタンバイ。「面白いね」と、笑い合います。お母さんが、どこかが痛いと言えばマッサージもします。

でも、大してできることがありません。

大体のことはお父さんとお姉ちゃんがやってくれるから、自分に役が回ってこないのです。

だから、健渡くんは自分にできることを探していました。

「ねぇ、お母さんにお味噌汁を作ってあげてよ」

ある日、お姉ちゃんが言いました。

「うん。わかった」

自分も家族の役に立ちたいと思っていた健渡くんは張り切ります。まずは、お母さんに味噌汁の作り方を聞きました。

「味噌汁って、どうやって作るの？」

お出汁《だし》の取り方を教わり、実践。

「具って、何を入れればいいの？」

お母さんは、家にあったジャガイモとミョウガとワカメを入れるように言いました。

「ねぇ、ミョウガってどうやって切ればいいの？」

説明を聞いてもわかりません。

台所とベッドを、行ったり来たり。

結局、「どう切ってもいいよ」と言われて、なんとなく切って入れました。それから10分ほど煮込み、ついにお味噌汁が完成。味見をすると、ジャガイモにもしっかり火が通っているし、なかなかの出来です。


「お味噌汁、できたよ」

お母さんのベッドに持っていき、スプーンで口に運びます。

口が大きく開かないので、慎重に、ゆっくりと。

「どう?」

「おいしいよ」

お母さんは嬉しそうに褒めてくれました。

その日以来、健渡くんは晩ご飯に味噌汁を作る、味噌汁担当になりました。

いつもお母さんといられるのは嬉しい。でも、いつも一緒にいるということは、次第に衰弱していく姿を見続けることでもあります。健渡くんにとって、それはとても辛いことでした。

だけどやっぱり、泣きたくはありません。お母さんをはじめ、家族に心配をかけたくないという気持ちが第一にありました。しかしそれに負けないくらい、「自分は悲しいんだ」と気づかされるのが怖くもありました。

だから、

「お母さんは死なない。これからも一緒に生きていくんだ」

そう自分に言い聞かせながら、できるだけいつも通り、お母さんと過ごしていました。

9月23日「一日一日をしっかり」

9月23日。今日は、9月15日に続き、2回目の取材です。

ピンポーン。

「お母さん、先生みえたよ」。夫の浩徳さんが伊鈴さんに声をかけます。

ベッドに横たわり、右手でベッドの柵をつかんでいる伊鈴さん。お腹が大きく上下しています。

「三嶋さん、辛いかね？」。瀬角医師が伊鈴さんに話しかけますが、反応がありません。

浩徳さんが状態を説明します。

昨晩は呼吸が激しくなって苦しそうだったので、看護師さんに来てもらったこと。酸素飽和度は高いから大丈夫だと言われたけれど、お腹が痛くて辛そうなこと。

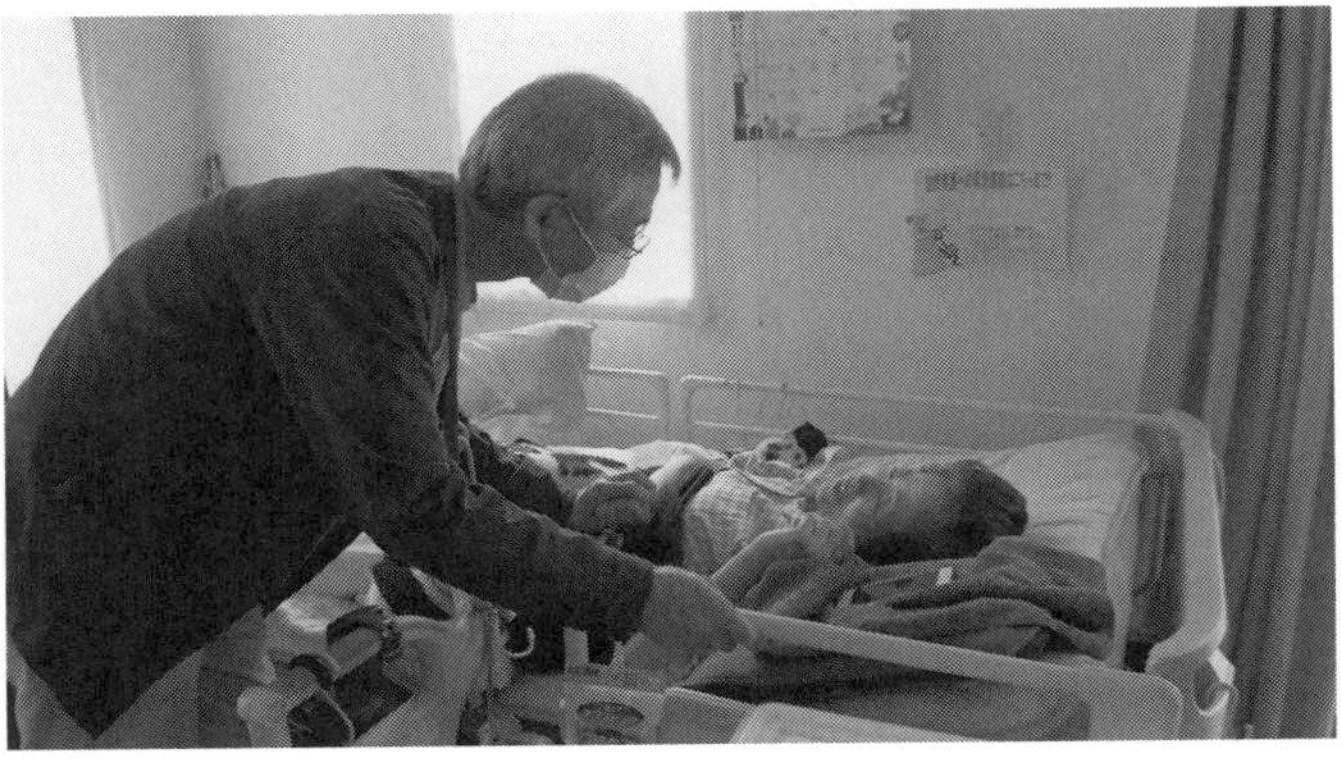

不安げに訴える浩徳さんに、「うんうん」と応じて、再び瀬角医師が伊鈴さんに声をかけます。

「三嶋さん、辛いね。何が一番辛いかな」

30秒ほど沈黙。瀬角医師が伊鈴さんのお腹に手を当てて、ポンポンしながら言います。

「呼吸が速いからね。胸が苦しいかな。身の置きどころがない感じ？」

少しすると伊鈴さんが「はい」と、か細い声で答えました。

この頃の伊鈴さんは、特に全身の倦怠《けんたい》感にさいなまれていました。全身の細胞一つひとつに重りがついていて、ズーンと引っ張られるような苦しさです。

瀬角医師によると、がんの終末期の患者さんは、がんが発生・転移した場所によって症状が一人ひとり異なるそう。胆のうがんだからこうなる、胃がんだからこうなるというわけではなく、どこに発生して転移して、それによってどういう症状が出るのか。

伊鈴さんの場合は、腹膜播種《はしゅ》（種がまかれるように体の中にバラバラとがんが広がること）を起こしており、がん細胞が飛んでいった臓器に障害がどんどん起きている状態でした。だから、全身の倦怠感をはじめ、呼吸困難や、胸やお腹の不調、吐き気など、全身が苦しくて辛い状態が24時間続いています。


「今日は、みんな集まって何かやるの？」。瀬角医師が家族３人に声をかけます。

「特にないです」。浩徳さんが、ゆっくり腰を下ろしながら答えます。それに続くように、優華さんと健渡くんも床に座ります。

「休みだからね。いろんなこと、お話はした？」

「そうですね、もう少し元気な頃は今後の話もしたんですけど」

それから、瀬角医師が点滴について家族に説明し、大きな声で再び伊鈴さんに声をかけました。

「お母さん、今お話聞いてたかもしれないけど、薬は無理に口から入れなくて大丈夫。好きなものだけ口に入れてください」

目を閉じたまま、「うん」と答える伊鈴さん。まだ9月ですが、体には毛布がかけられています。

「ちょっと、ぼーっとしちゃうこともあるかもしれないから、少ししっかりしているときには、おうちの人と話してください。力振り絞って、言いたいことをしっかり」

頷きながら「ありがとうございます」と答える伊鈴さん。

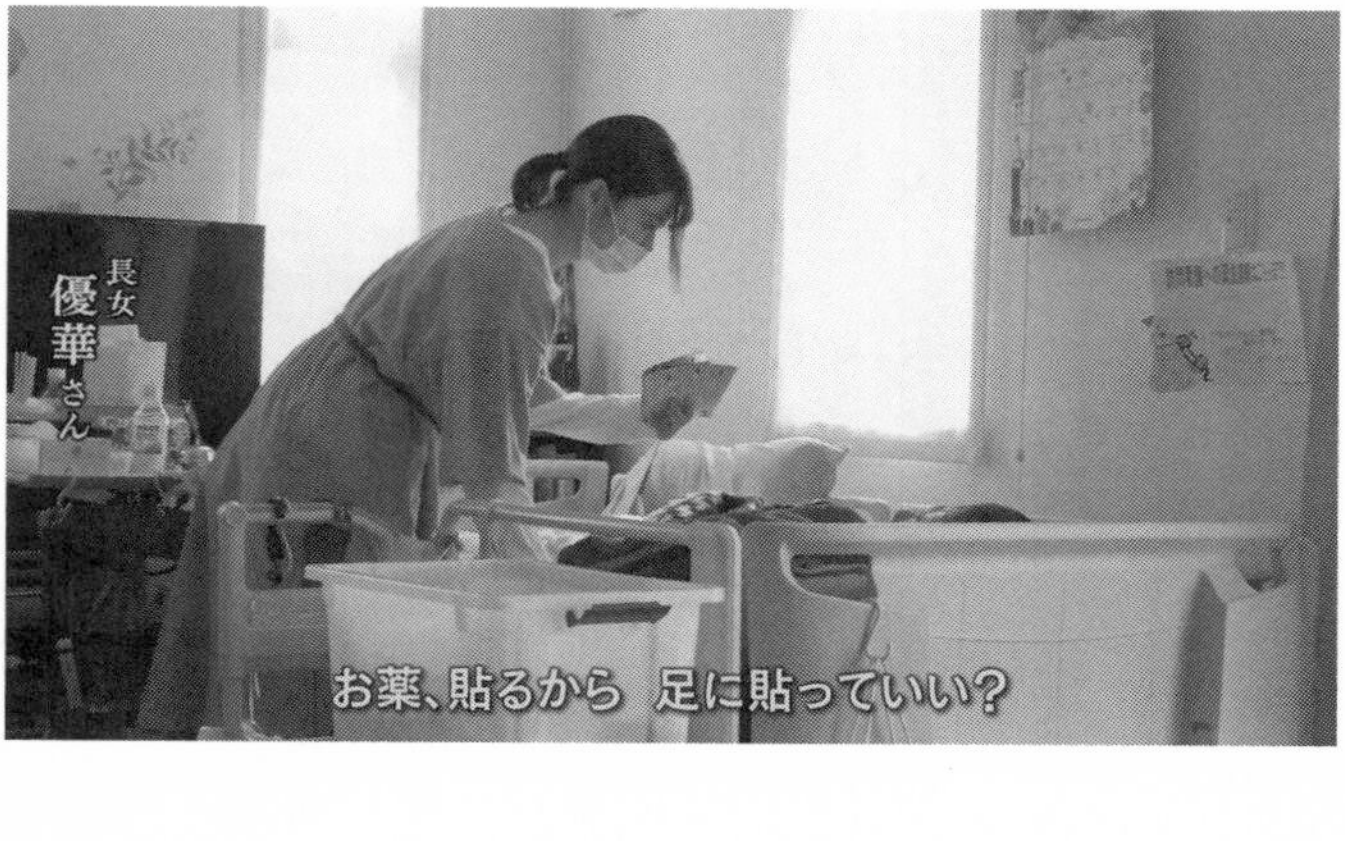

「お母さん、お薬貼るから。足に貼っていい？」

「ここでもいい？　貼るよー、はい」

伊鈴さんに「お父さん……」と呼ばれた浩徳さんが、伊鈴さんの背中に手を回して体勢を変えます。


「よいしょ。こんな感じ？　うーん、違う？」

「まっすぐになりたいんじゃない？」と、優華さん。

「つかまって。よいしょ。せーの。よいしょ」


見守っていた瀬角医師が、伊鈴さんに声をかけます。

「じゃあ、また来ますね。何かあれば。何かってよく言われるけど、気になったら連絡ください。看護師さんと連絡取り合って。また来られるときは来ますので」

瞬きをしながら、安心したように話を聞いている伊鈴さん。瀬角医師は、伊鈴さんの右手をしっかり握り、顔を近づけて言います。

「じゃあね。しっかり一日一日過ごしてね」

思いを伝えて

診察を終えた瀬角医師と、それを見送る3人。家の外で話し始めました。中村記者は、やりとりを静かに記録します。

「たしかに体は辛くなっていると思うけど、声も出るし、思いを伝えてください。お母さんに言いたかったこと、もう言った？　言ってない？」

目頭を押さえながら首を横に振る優華さん。それまで我慢していた涙が一気にあふれ出ました。

「辛いけど、泣いてもいいけど、ちゃんと伝えてあげて」

「はい」

「大人になるんだよ」

「（健渡くんを見て）足さすったりしてあげて、いいじゃん。お母さん好きかい？」

「はい」

「ちゃんとそう言ってあげて。言った？　まだ？　悲しいけどね、あと数日くらいしか、意識がしっかりしているときはないかもしれない」


そう言い残して、帰っていく瀬角医師。

見送った３人に中村記者が声をかけます。

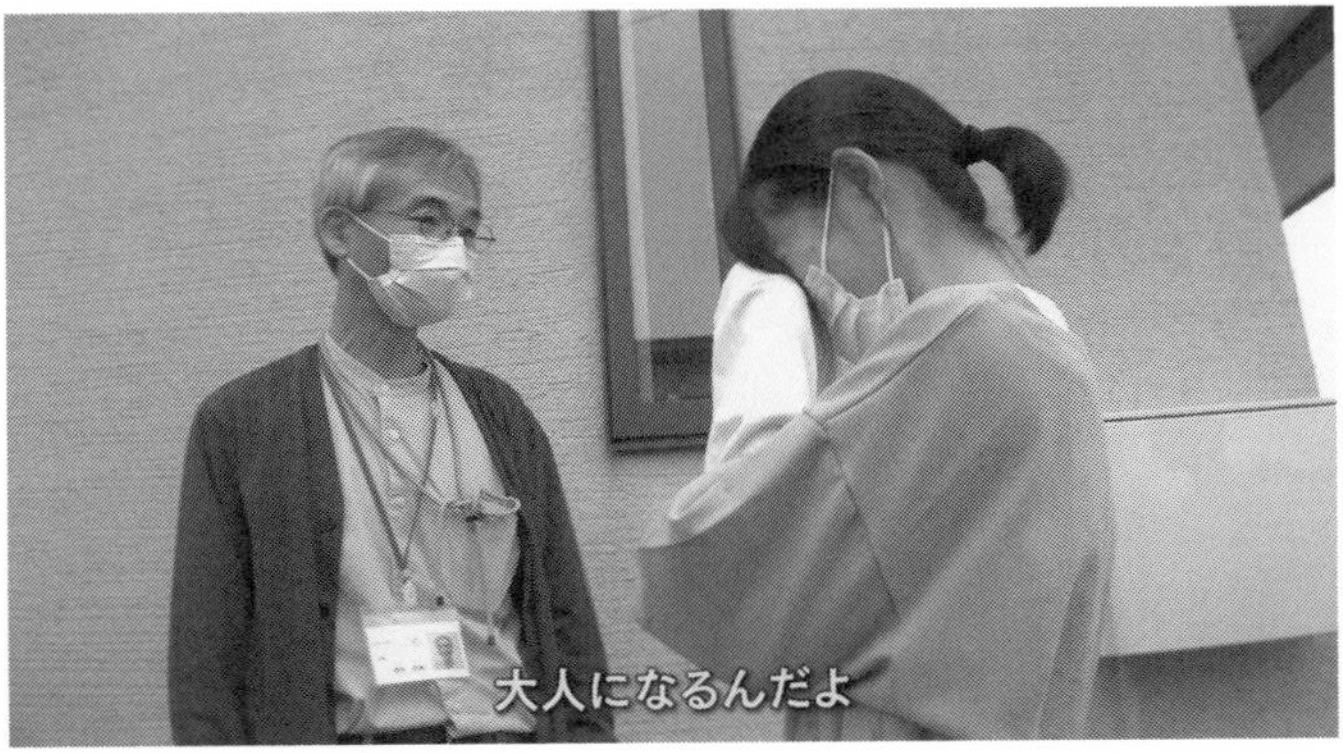

――ちょっとお話を伺えれば……。今、先生に『お話できた？』って聞かれたけど、どうかな？
優「今までしてもらったことが多すぎて。ありがとうって伝えきれなくて……。あと数日じゃ伝えきれない」
　言葉に詰まり、涙があふれてきます。
――健渡くん、どうかな？
健「難しいですね……」
浩「できる限りのことはね、してるんです。恩返しみたいな形では。あとは言葉だよな」
優「してあげられることは、ないから……」

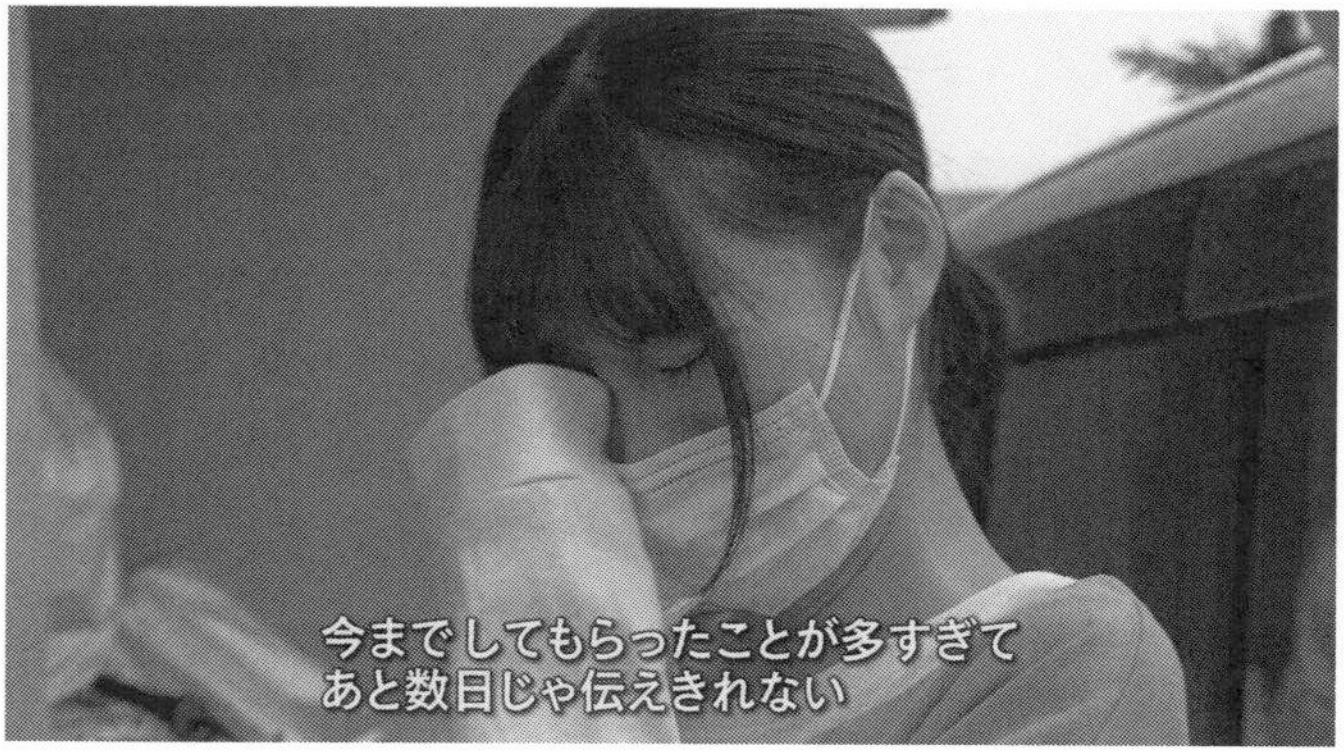
今までしてもらったことが多すぎて
あと数日じゃ伝えきれない

浩「逆に、妻の方から、ありがとうありがとうって言われるんです。それを聞くと辛い……。そんな感じです」

優「病院でも、コロナで会えなかったので、うちにいて、看護師さんとかにみてもらって、最期まで一緒にいられるのはすごくありがたいことだと思っています」

瀬角医師に「思いを伝えなね」と言われたこのときのことを、健渡くんはこう振り返ります。

「あの状態になってもまだ、お母さんは生きると思ってたんで。『そんなこと言わないでくれ』と思いました。死んでほしくないから。ずっとそう思ってました」

優華さんも実のところ、あまり実感がわいていませんでした。

「まだ大丈夫でしょう、みたいな気持ちがあったんです。でも、だんだん、先生が言ってくることがどんどん当たっていく。あと何日でこうなっていくからみたいなことが、その通りになっていくんですよね……。でも、やっぱり死んでからじゃ遅いから、最後に伝えようと声をかけてくれたのはありがたかったと思います」

「大人になるんだよ」という言葉も、「お母さんに泣いている姿を見せるのではなく、自分でやっていけるというところを見せていったほうがいいよ」というエールだと受け止めました。

大切な人がもうすぐ死んでしまう。それは家族にとって、向き合いたくない現実です。けれども、背を向けようとする家族の肩をたたいて、振り向かせ、迫りくる現実を受け入れてもらう。そのことを、瀬角医師は大切にしていました。

なぜなら、家族の思いが一つにならないと、家での看取りはうまくいかないからです。

看取りの条件

瀬角医師は三嶋さん一家のように、家で終末期を過ごすご本人や家族に対して、心がけていることがあります。

それは「残された時間は短い」と、しっかり伝えること。

みんな、大切な人が死んでしまうことはわかっていても、「じゃ、それはいつなのか」はわかっていません。残された時間がまだまだあると思って、やらなければいけないと思っていたことをやれずに終わってしまうのは、一番悔いが残ることだと瀬角医師は言います。

「例えば、お正月は越せるの？　とかね。そんなこと絶対ないんだよってところから始まって、行くたびに、『あんまり長くないよ』という話や、『1週間ぐらいかもしれない』というような話はするようにしています。三嶋さんの場合もそうです。ご本人から余命を聞かれたとき、最初は『年は越せない』と伝えました。それから、少しずつ『そんなに長くないんだよ』と伝えて、家族に言いたいことを、しっかり言葉にするように伝えてきました。

余命を告げられた側は、『ああ、そうなんだ』『教えてくれてよかった』という反応であることが多いです。『それなら、じゃあ』という感じですよね。お世話をしている側も、だんだん体力的にもきつくなってきて、『これ、いつまで続くの？』となることもあると思いますけど、『いや、もうあと2週間しかないんだから頑張ろう』という感じになってくる。

とにかくもう残された時間はそんなに長くないんだ。がんの治療はできないし、もう死んじゃうんだよねっていうことがご家族の中でしっかり共有されていないと、おうちでの看取りというのは、うまくいかないんです」

家族で同じ方向を見て、最期の時間を共に生きる。それが、家での看取りをよいものにする大切な条件なのです。

瀬角医師は、様々な看取りの現場に立ち会ううちに、そう思うようになりました。

終末期に在宅医療を選択しても、家に帰ってきたメリットを感じてなさそうな方が、たまにいます。「おうちに帰ってきて、よかったですね」と声をかけても「?」というような顔をしているのです。

その原因の多くは、家族で情報が共有されていないことにあります。残された時間がわずかであることを、家族は知っているけれど、本人は知らない。そういう場合が多いのです。だから、家族は何をすればいいかわからないし、本人にどう接すればいいかもわかりません。本人も「なんで家に帰ってきちゃったんだ。まだ病院で治療しなきゃいけないのに」と、不満が溜まっていきます。

そういう場合、瀬角医師はご家族に了承を得て、本人に伝えます。

「もう、がんと闘うのは諦めてください。もう無理です。あなたの命はもう残り少ないです」

そう告げると、本人も泣くし家族も泣きます。

けれども、次に訪問したときは本当にすっきり、さわやか、穏やかであることがよくあります。残りの時間を共有したことで、お互いに壁がなくなり、溝も埋まって、色々なことが言い合えるようになるからです。

瀬角医師は、三嶋さん一家にもそうなって欲しいと願っていました。

家族といると元気が出てくる

瀬角医師に「思いを伝えなね」と言われたご家族。心情を聞き終えた中村記者が、家の中に入ります。

そして、伊鈴さんにインタビューを開始。

――伊鈴さん。中村です。お嬢さん、近くにいてくれていいですね。

「そうですね。頼りになります。勉強も忙しいのに、早く帰ってきてくれたり、勉強しなきゃいけなかったり、それでも助けてくれるので、とても頼りになります」

――優しいお嬢さんですね。

「こんな時だから」

――息子さんだって優しいですよね。

「中学の男の子で、夜ご飯作らなきゃいけないなんて、かわいそうだなと思うんだけど。お父さんはずっと手伝ってくれるけど、それから、健渡も色々手伝ってくれるようになって、なんか、優華にも健渡にもお父さんにも悪いなと思っています」

――（子どもたちを見ながら）悪いなんて思ってないよね？

健渡くんが、目元に光るものをさっと指で拭きました。伊鈴さんが話を続けます。

「ありがたいです。あの先生、本当にユーモアのある先生で、なんか、先生が来てくれると、なんかとても笑っちゃう。本当に」

——先生、思っていることを、やりたいことをやってねって、おっしゃってましたね。

「それがなかなかできなくて」

——家族がすぐそばでお話できるのが何よりですよね。

「病院だと、そういうわけにいかないから。閉じ込められちゃうからね。だから、家族の顔見たり、笑い声聞いたりとか、してるのがとても、元気が出るかなって」

——お話したいこと、家にいてできましたか?

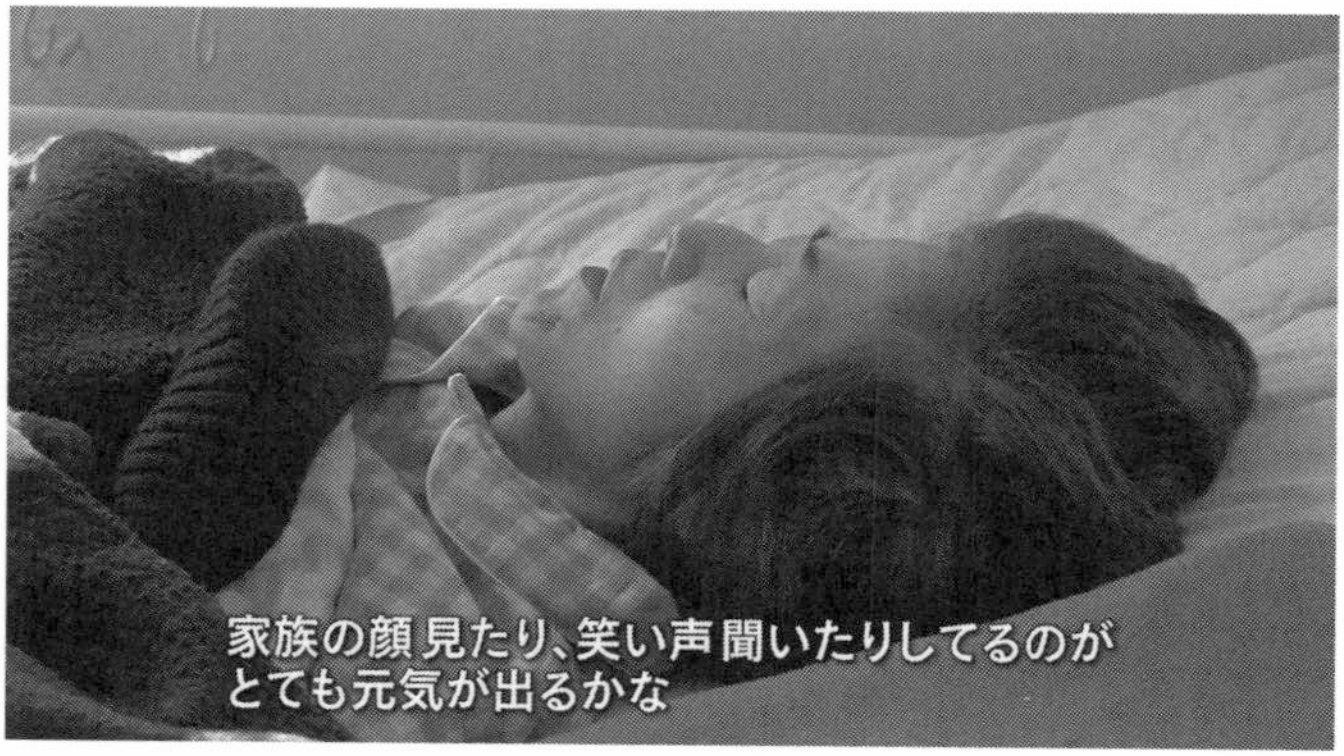
家族の顔見たり、笑い声聞いたりしてるのが
とても元気が出るかな

「ちょっと、辛くて。寝たきりのときもありましたけど。だんだん、よくなってきたり、悪くなってきたり。一喜一憂です」

——痛みますか?

「ちょっとだけ痛い」

疲れた様子の伊鈴さんを見て、浩徳さんが「あと何か言いたいことある?」と、声をかけます。

「(以前、中村記者が立ち寄った日)せっかくピンポンして来ていただいたのに、なんか、無理無理とか言って……」

——すみません、気にかけていただいてありがとうございます。

伊鈴さんのインタビューはここで終わりにして、ご家族に話を聞いていきます。

——(優華さんを見て)頼りになるって。

「いやいやー(笑)。学校に行って、帰ってきて、ご飯作れるときは作って。お母さんの体を拭いて、着替えさせて、みたいな感じです」

――みんな、いい家族ですね。お互い協力して。健渡くんは受験生だから大変かな。帰ってきて、お話できてるのかな？

「けっこうしてますね、帰ってから。体拭きながらとか。息子のほうも、その都度枕元でお話してる」と、浩徳さんが答えます。

家族のインタビューを聞いていた伊鈴さんが涙ぐみました。それに気づいた優華さんがティッシュをさっと差し出します。

「入退院を繰り返していて。ちょっとこのまま入院が長くなってしまうんだったら、在宅医療をやったほうがみんなと会えるしっていう経緯がありますので」

――コロナで？

「コロナで。前は普通にお見舞いも行って、半日くらい病院の休憩室にいたりしたんですけど、今はそういうの全然ダメなので。今は（在宅医療でも）病院と同じような設備をしていただいているので。具合悪くて看護師さんに電話すれば対処法を教えてもらえるし、いざとなればすぐに来てもらって、瀬角先生と連絡取りながら処方してもらったりとか、心強い。夜中でも何かあれば対応してもらえるので。辛いは辛いですけど、病院に入院してしまうとわからないじゃないですか。肝心なときには、具合悪いときにはメールとかも一方通行になっちゃうし、どういう状況なのか余計心配になってしまうし」

ゲホッ、ゲホッ、ゲホッ、ゲホッ。突然激しく咳き込む伊鈴さん。優華さんが声をかけます。それを見ていた健渡くんがティッシュを1枚手に取ります。しかし、不要だと思ったのか、人知れずそっと机に置きました。

咳がやんだ伊鈴さんを、優しい目で見つめながら浩徳さんが話を続けます。

「こういう状況ならわかりますから。こういうほうがいいかなと。特に子どもたちにとっては、やっぱりそばにいるだけで全然違うと思うので」

「コロナだと面会が禁止だから、入院しちゃったら荷物届けに行っても会えなかったので、うちにいてくれるのはありがたいです」と、優華さん。

――(健渡くんを見て)お母さん、離れちゃうと寂しいよね。

「やっぱり家にいてくれたほうが、いつもいたので安心感もあるし。寂しくもないから、家にいてくれたほうがいいなと思います」

——お母さんも、おうちのほうがいいですよね。

「そうですね」

悔いを残さないために

三嶋家を後にした中村記者。瀬角医師のクリニックに向かい、三嶋家の現状を聞きました。

「最初の頃は冗談言ったり、いろんな話ができて、まだまだ頑張れそうな感じがあったし、まだお若いし。

でも、訪問看護師さんからの報告で、食べられないし、体がだるくなってるし、痛みはそんなに強くないけど、急に悪くなっているという報告があったので、時間が取れたので行ってきたんですけど。

想定よりも全身状態は悪化していたかなと思いました。声が十分出せない、元気がなくて会話が成り立たないところはあったけど、意識はしっかりしていたので、声をかけながら、残された時間はそんなに長くないんだよと。具体的なことは言わなかったけど、時間をしっかり使ってくださいっていう話をさせていただいたところです。

しっかりした目で答えてくれたので、少しずつニュアンスで残された時間は短いって話はしていたんだけど、わかってくれたのかなと。

ご家族には、急にそういうことがあるよって伝えてきたんだけど、やっぱりそういう弱ってきたお母さんを目の前にして、かなりね、心が乱れていたのかなと思うので、ちょっと声をかけてはみましたけど。

残された時間が、ご家族と、ご本人とで、いいものにできるといいかなって思って。そういう声がけを中心にやってきました。急に具合が悪くなっているので、数日で言葉を交わすこともできなくなってくる可能性もあるし、痛みも出てきていたので、麻薬系の薬ではない痛み止めを使い始めたんですけど、そのうち麻薬系の薬を使わなければいけなくなる。そうすると意識が落ちてくることもあるので。そうは言ってもしっかりした会話ができるのはそう長くないってことを双方にお伝えしながら。

あのとき、こうすればよかった、こんなことをしてあげればよかった、というのが愛する人を失ったときに、必ず残ることなんですよね。だから、そういうことがないように、言いたいことはちゃんと言ってね、お母さんのこと大好きだよって言ってあげてねって。それは本人が伝えることだけど、そういうお話をするのは今しかないよっていうことを伝えたかった。

みなさん、初めての経験ですからね。いつ何をすべきなのかっていうのはわからないと思うんですよ。

だから、僕らのほうから『今しかないよ』って伝えてあげないと、あのときこうすればよかったっていう後悔が残っちゃうので、それをなるべく少なくしてあげたいなと思っています」

三嶋家に、最期のときが迫っていました。

第4章　最期のとき

成長アルバム

日に日に弱る伊鈴さんの姿を見て、浩徳さんは伊鈴さんに意を決して言いました。

「ねえ、あれ、そろそろ優華と健渡に渡したほうがいいんじゃない？」

実は伊鈴さんは、優華さんと健渡くん、それぞれの「成長アルバム」を作っていました。ハードカバーの立派なアルバムに、毎年誕生日ごとに写真を貼りつけて、成長を祝うメッセージを書き込んでいたのです。

写真はモノによってはハサミで切り抜かれ、ポップに配置されています。かわいいチラシや、どこかのショップから届いたデザイン性の高いポストカードなどは、花やハートなどの柄を切り取ってデコレーションに活用。いつか子どもたちに渡すため、伊鈴さんはずっと内緒で作り続けてきました。

伊鈴さんが、本当はいつ渡すつもりだったのかはわかりません。

結婚するとき？

社会人になったとき？

「はい、これ」

「わー、何これ!?」

そんなやりとりを想像しながら、立派に成長した子どもたちに贈ることを楽しみに、作り続けていたことでしょう。


だけど、「もう、そろそろ……」。

本当の余命を告げるようで、なかなか言い出せずにいたけれど、終わりが近づいているのは明らかです。

浩徳さんが提案すると、伊鈴さんは静かに頷きました。

浩徳さんが、2階にいる優華さんと健渡くんを大きな声で呼びます。

「ねぇちょっと！　下に降りて来て」

なんだなんだとリビングにやってきた二人。

そこには、珍しく車椅子に座っているお母さんがいました。そして、差し出された分厚いアルバム。

この頃の伊鈴さんは、体を起こすことも辛くなっていました。

けれども、ベッドに寝たままアルバムを渡すわけにはいきません。「家族の世話になっている病人」としてではなく、「子どもたちを育ててきたお母さん」として、成長アルバムを贈りたかったからです。

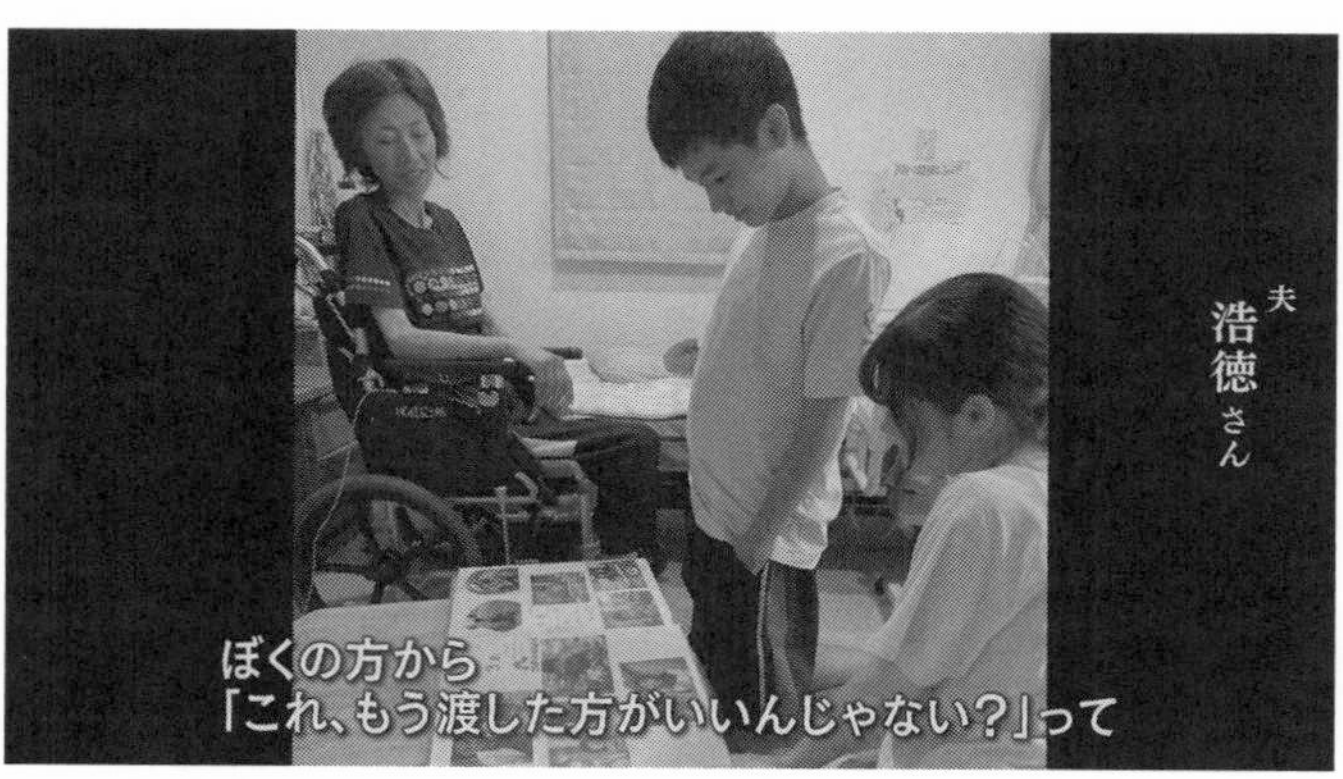
夫
浩徳さん
ぼくの方から
「これ、もう渡した方がいいんじゃない？」って

「あっ、これ！　私の分もあったんだ……」

重たいアルバムを受け取り、優華さんは驚きました。

実は以前、お母さんが健渡くんのアルバムを作っているのを見かけたことがありました。自分の分もあるのかなと思い、家の中を探したものの見つからず。そのため、「なーんだ。健渡の分だけか」と、寂しく思っていたからです。

優華さんは、健渡くんと６歳離れたお姉さんです。だから、姉弟喧嘩をすればいつもお母さんは弟をかばい、「優華はお姉ちゃんなんだから」と、たしなめました。

弟をひいきしているわけではないだろうけど、お母さんが弟のことを大好きなのは、よくわかっていました。

だから、自分の分はない。そう思っていたのに……。

しかも、２冊にわたる超大作。今年、21歳を迎えた分までありました。

「一体、いつ渡すつもりだったんでしょうね（笑）。こういうのって普通、20歳で渡すんじゃないんですか？　2冊目に行って、区切りがつかなくなったんでしょうね」と、優華さんはこのときのことを振り返ります。

一方、健渡くんは、寝耳に水。まさか、こんな物を作ってくれていたなんて思いもよりませんでした。

そっと開いて中を見ると、「お母さんらしいな」と思いました。写真の貼り方や文字の配置などのレイアウトが凝っていて、とても見やすかったからです。お母さんは健渡くんに勉強を教えてくれるとき、いつも図やイラストを描いてわかりやすく伝えてくれました。

驚き、そして嬉しそうにアルバムをめくる子どもたちの姿を、伊鈴さんは優しい笑顔で見守っていました。そんな家族の様子を、浩徳さんは涙で頬をぐしょぐしょに濡らしながら撮り続けました。

祝
二十歳
祝　二十一歳
歯科大の三年間、辛い事も
たくさんあったろうけど、ここまで
よく頑張りました。また お母さんが
病気で動けない時
が優しくしてくれるんだと
ありがとう
ありがとう　ありがとう　ありがとう

HAPPY BIRTHDAY!!
14歳
13歳の誕生日
おめでとう

あとわずか

「がんって、こんなに一気に進行するものなのか……」

日に日にできることが減っていく伊鈴さん。その姿を見て、浩徳さんは恐ろしさを感じていました。

在宅医療が始まった頃は、頑張れば自分で立つこともできていたのに、あっという間にトイレに行けなくなり、食事がとれなくなり、目を開けている時間さえ減ってきました。つい先日は、「もう本当に辛い。辛い。どうしよう」と、珍しく伊鈴さんが弱音を吐くほど体調が悪化。浩徳さんは何も言うことができませんでした。

浩徳さんが訪問看護ステーションとやりとりしていた連絡帳の「ご家族より看護師へ」の欄には、伊鈴さんの体調の急変が克明に記されています。

9月14日（水）

トイレ　8：00、

16：00、21：00

トイレの時間が記されているのは、トイレで用を足せていたということです。

9月15日（木）

トイレ　4：30、9：00、

17：00、23：00

寝返り出きない

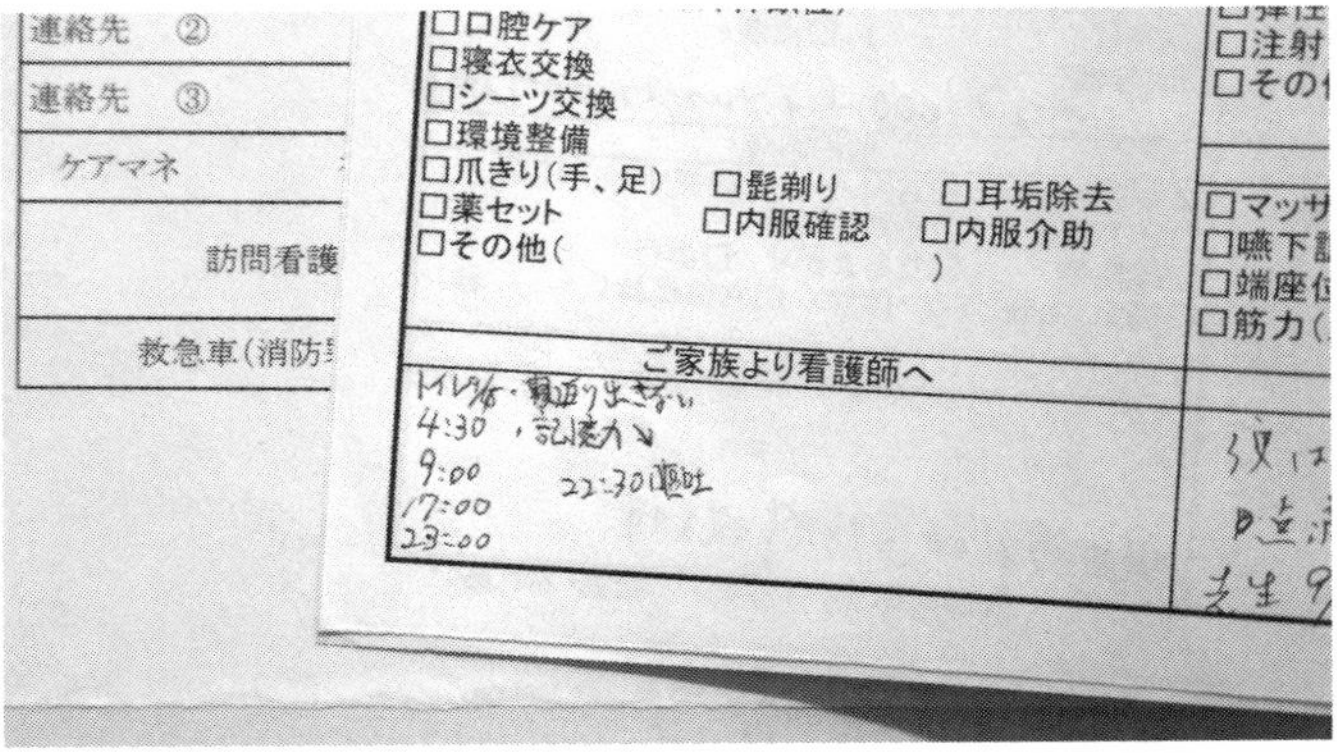

記憶力ダウン
22：30嘔吐

9月18日(日)

尿　16：00　500mℓ

尿量が書いてあるのは、トイレに行けなくなったことを表します。

9月19日(月)

尿　16：30　900mℓ

飲食するとお腹が痛い。たまに意味不明なことを言う。

9月20日（火）

便が出るとトイレに行くも出ず×2回
夜中、尿が出ると騒ぐ×3回
トイレに一人で行こうとした
歯磨きをしなくなった
尿　6：00　700㎖

この日、伊鈴さんは自力で歩行できないにもかかわらず、夜中に一人でトイレに行こうとしました。すでに何度も浩徳さんを起こしていたので、申し訳なく思ったのかも知れません。

ドーンという大きな音に驚いて浩徳さんが1階に駆け降りていくと、伊鈴さんが倒れていました。よろめいても咄嗟《とっさ》に手をつくことができずに頭を強打。「なんで言わないんだよ。何回でも起こしてくれていいから！」。やるせなさが二人を包みました。

9月22日(木)

睡眠薬の影響か夜中は静かでした。昼間もずっと睡眠(12時半ごろ目を開ける。少し)。

呼吸が速くなり、辛そうな表情をするときが定期的にある。

9月24日(土)

尿　5：30　400㎖

前日は36・6度だった体温が、この日は35・2度。翌日は35・0度まで下がります。

9月26日（月）

尿　5：40　450㎖

言葉が聞き取れない

この日から、タール便が出始めました。

タール便というのは、真っ黒な便で、食道や胃、十二指腸から出血していることを意味しています。「タール便が出始めると、先は長くない」と、看護師さんに言われていました。

9月27日（火）

最近、壁にコバエがたくさん飛んでいると言っている。
尿が少なくなった。１０：３０　２００㎖
腹痛のため、アセトアミノフェン　３：００、６：３０服用
自分で寝返りができなくなった。
ストローで吸えない。
足が動かない

最期の時間が、刻々と近づいていていました。

9月27日「ありがとう」

9月27日。中村記者が瀬角医師に同行して三嶋家を訪れると、以前よりもかなり苦しそうな伊鈴さんの姿がありました。

「私なんかが、この場面に立ち入っていいのだろうか。負担になったらどうしよう」。9月15日に取材を始めて以来、何度もよぎった思いが渦巻きます。けれども、いつも三嶋家の温かさに救われてきました。こんな状況にもかかわらず、暗く、落ち込んでいるわけではありません。初めてお邪魔したときも、歓迎というわけではないけれど、お母さんがOKした取材だからでしょう、「緊張しちゃうね（笑）」などと笑いながら、ご家族は温かく受け入れてくれました。

「私は、とにかくただこの場にいるしかない」

マスクの下で小さく深呼吸をして、カメラを回し始めました。

それは、診察が終わり、瀬角医師とご主人が薬の話をしていたときでした。

伊鈴さんが優華さんを呼び、先ほどまで呼吸することさえ苦しそうだったにもかかわらず、話し始めたのです。

「迷惑かけて、ごめんね」

吐く息をかろうじて言葉にしたような声。

「かけてないよ」

お母さんを励ますように、優華さんはベッドの柵越しに握った伊鈴さんの手を、パンパンとたたきながら答えます。

そして、瀬角医師が一言。

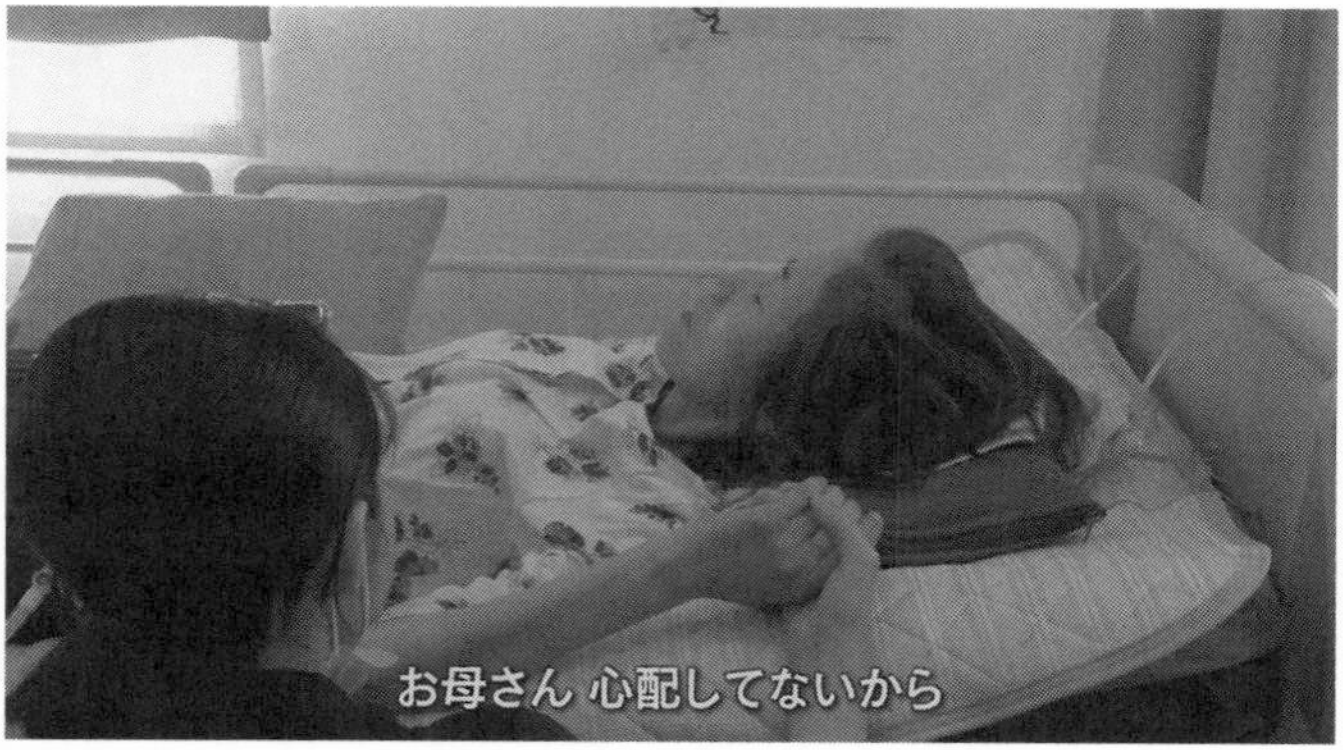

「それ、取っちゃいなよ」

終末期の患者さんは、わけがわからなくなって体を動かし、ベッドから落ちることがあります。介護ベッドは、それを防ぐために柵がついていることが多いのですが、「もう落ちたりしないし。近くにいさせてあげよう」。そう言って、瀬角医師と看護師さんが柵を外しました。

母娘を隔てていたものがなくなり、二人の距離がぐっと近づきます。

優華さんがお母さんの手をギュッと握りました。

大好きなお母さん。

学校で嫌なことがあると、「頑張れ」ではなく「無理しなくていいよ」と、寄り添ってくれたお母さん。

本当は、県外の大学へ行くつもりだったけれど、お母さんの身を案じて、家から通える学校に進学しました。

治ると思ってた。

だけど薬が効かなくなり、急激に悪化。

現実に気持ちが追いつかないまま、余命1か月の宣告。

感謝を伝えようにも、時間が足りません。

優華さんはまるで小さい子どもがするように、お母さんの手に自分の頬を当てて、愛おしそうに見つめていました。


「お父さんも、いっぱいやってくれて、ありがとう。健渡が、帰ってきたら……」


今は学校へ行っている健渡くんに、言葉を残そうとする伊鈴さん。そのことに気づいた優華さんが自分のスマホを手に取り、お母さんに言います。

「お母さん。健ちゃんに、もう1回言ってあげて」

お母さんの手を握ったまま、もう片方の手でスマホを持って動画を回します。

「…………」

言葉なのか息なのか。伊鈴さんの口から何かが漏れますが、それが何なのかわかりません。

息も絶え絶え。

その場にいる誰もが、伊鈴さんの覚悟を強く感じていました。

しばらくして、

「お父さん」

ほとんど開かない口を、伊鈴さんが再び、かろうじて動かし始めました。

浩徳さんはベッドに近づき、伊鈴さんの言葉をじっと待ちます。

「いつも、いろんなことを、怒らずに、親切に、やってくれて、ありがとう」

か細いながらも、はっきりした声。

「こっちもありがとうね」

ハンカチで涙を拭い、浩徳さんが包み込むような優しい声で答えます。

伊鈴さんと過ごした25年の歳月が、走馬灯のように駆け巡ります。

初めて会ったときの、ちょっとはにかんだ笑顔。

どんなに話しても疲れない、心地よいやりとり。

生まれたばかりの優華さんを愛おしそうに抱く姿。

健渡くんを身ごもり、高齢出産であることを案じる浩徳さんに「絶対に産むから」と言い放った真剣な眼差し。

台所に立って、手際よく料理する姿。

仕事に打ち込めたのも、伊鈴さんが家のことを一手に担ってくれていたおかげです。

そのことに気づいたのは、皮肉にも伊鈴さんが病気になったから。

自分も家事や料理を経験し、これまでの伊鈴さんの大変さが身にしみたからこそ、感謝の気持ちが込み上げてきます。

目を閉じて、胸を大きく上下させる伊鈴さん。苦しそうな呼吸と、優華さんの嗚咽が部屋の中に響きます。

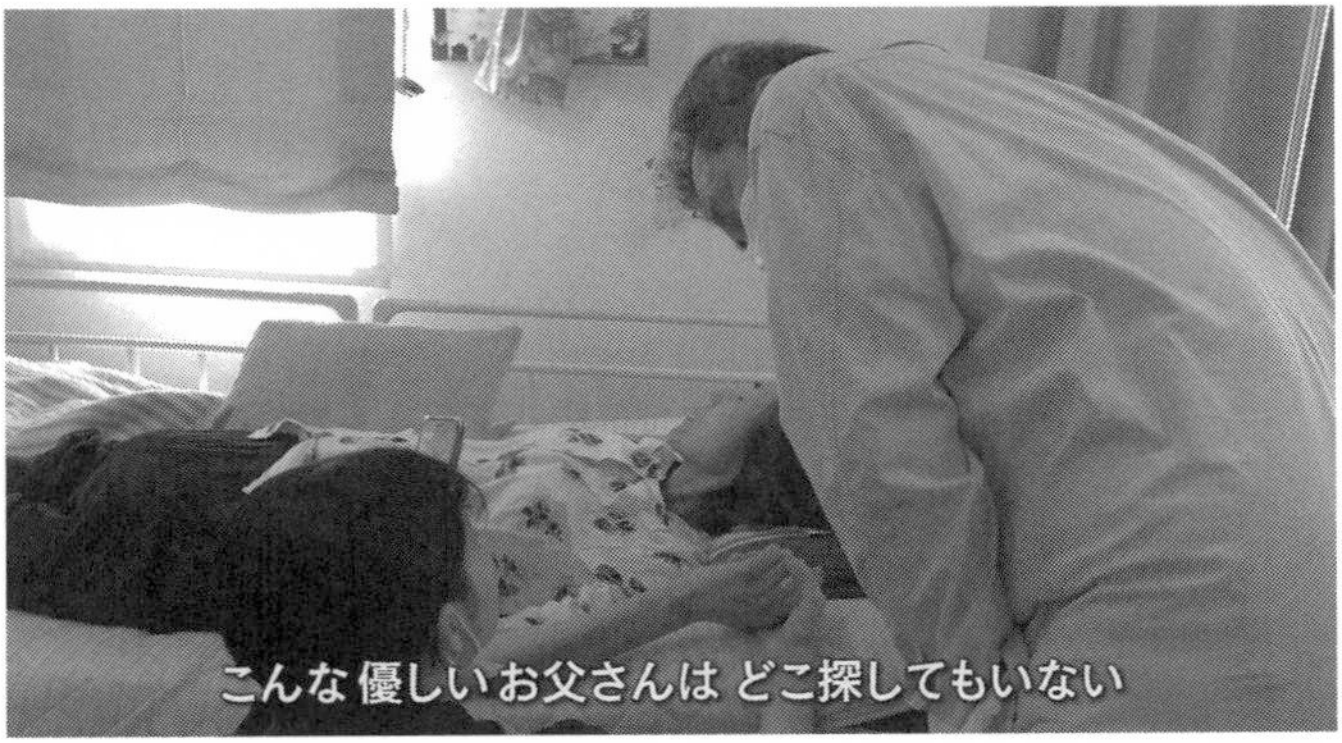
こんな優しいお父さんは どこ探してもいない

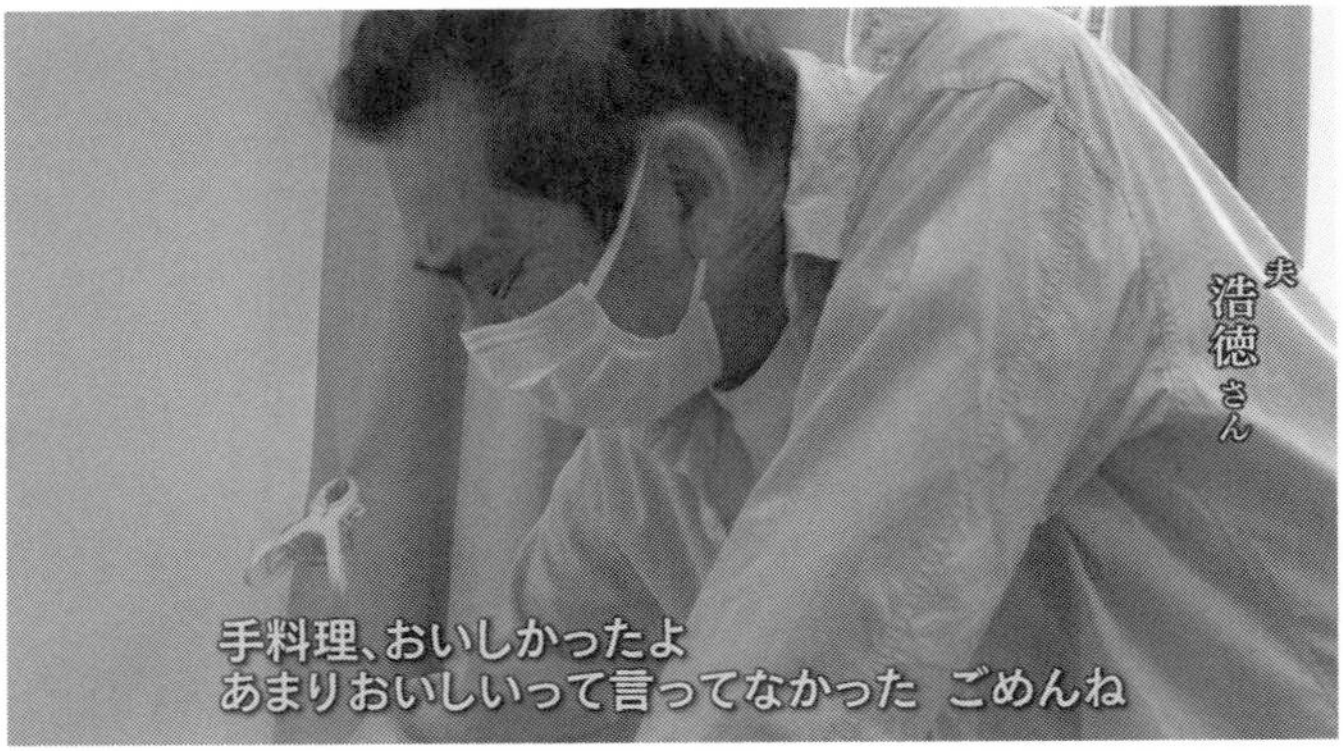
夫
浩徳さん
手料理、おいしかったよ
あまりおいしいって言ってなかった ごめんね

「こんな、優しい、お父さんは、どこ$?#¥……」

「え、なんて?」

うまく聞き取れなかった浩徳さんが、伊鈴さんの口元に耳を近づけます。

「こんな優しいお父さんはどこ探してもいない」。すかさず優華さんが通訳。

「そんなことないよ」

込み上げた感情が、涙と声ににじみます。

「三人で、楽しく、やってくれてるから。お母さん、心配、してない、から」

「ありがとね。手料理、おいしかったよ。あまりおいしいって言ってなかった。ごめんね」

浩徳さんが声を震わせながら続けます。

「それが当たり前だったからさ」

中村記者はカメラを回しながら、「空気にならなきゃ」と自分に言い聞かせていました。「この場面は、自分が色々聞くようなものではない。ただ、いるだけにしなくては」

それと同時に、「しっかり撮らなければ」とも思いました。

伊鈴さんは、カメラが回っていることも意識のはじにはあったはず。だとすれば、託されたというのはおこがましいけれど、自分がここに居させてもらう意味は、映像を残すことしかない。自分はここで家族のためにならなくてはいけないのだと。

家族に「ありがとう」を伝え、どこか安心した様子の伊鈴さんに、瀬角医師が近づいて言いました。

「三嶋さん、立派だった。頑張ったね。お疲れ様。みんなにね、いっぱいプレゼント残した。よかったよかった。ゆっくり休んで。ありがとね」

泣いている優華さんに、瀬角医師が声をかけます。

「泣いてもいいけど、みんなで笑って送り出してあげましょう」

瀬角医師が帰り支度を始めたとき、お母さんの手を握っていた優華さんが聞きました。

「（お母さんが）あと生きられるのどのくらい？　って」

瀬角医師がベッドに踵《きびす》を返して答えます。

「あと生きられるの？　そうだな、3日ぐらいかな。3日じゃ短いかい？」

「長い」と答える伊鈴さん。

「もっと一緒にいようよ」と、優華さん。

「そうか。じゃあ、2日くらいにしておくか」と言う瀬角医師に、「変えないでください（笑）」と即座に返す優華さん。

不思議なほど穏やかな空気が流れています。

おそらく、臨終間近。

愛する家族を失うとき、家族は号泣して悲しみに打ちひしがれる。それが一般的なイメージではないでしょうか。

ところが、ここには穏やかで温かい空気が流れ、笑い声まで生まれています。最期まで自分らしく生きようとする相手を敬い、敬われ「ありがとう」を贈り合う。物理的なつながりを超越した、永久に続く絆が築かれたようにすら見えます。

9月28日　旅立ち

中村記者が布団から出て、出勤の準備をしていたとき。

「ピコン」

スマホが鳴りました。

「あ、これ、瀬角先生の音だ」

嫌な予感を胸に画面を見ると、

「三嶋さん、呼吸停止との連絡。△時に行きます」

ふぅ〜っと息を吐きながら、「わかりました。私も△時に行きます」と返信。

昨日の状況はわかっていたので、いつ連絡が来てもおかしくないと感じてはいたものの、「あと3日じゃなかったの？」という思いがどうしても止まりません。

けれども、3日は長いと言っていた伊鈴さんのことを思うと、「一生懸命伝え切って安堵《あんど》したのかもしれない」。

そんなことを考えながら、瀬角医師とともに三嶋家に向かいました。

「はいどうも、こんにちは。遅くなりまし

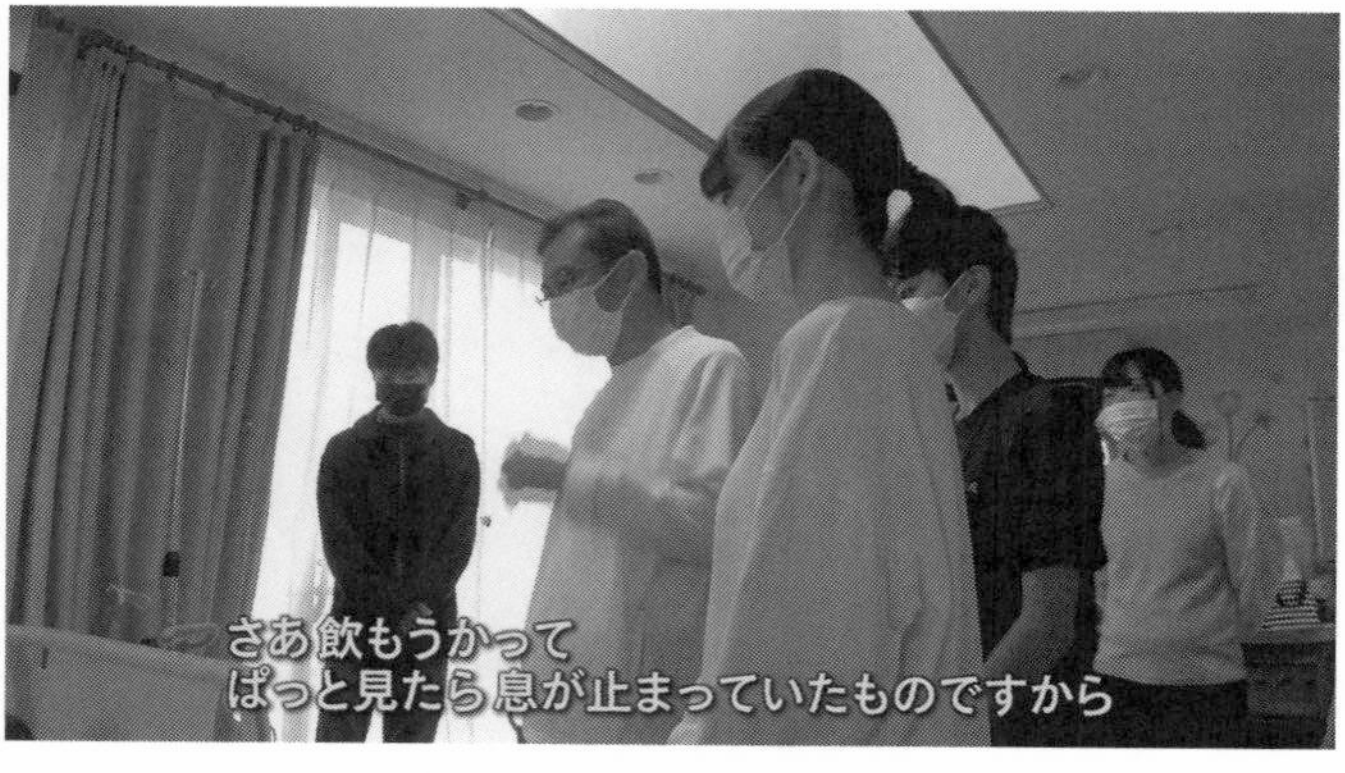
さあ 飲もうかって
ぱっと見たら 息が止まっていたものですから

た」

瀬角医師に続いて中に入ると、耳に入ってきたのは賑やかな音楽。マーチングの軽快な音楽が流れています。

テレビには、優華さんが小学生の頃のホームビデオが映っていました。

「いいの流れてるじゃん。お姉ちゃんの？」。瀬角医師が浩徳さんに声をかけます。

「今日の朝からずっとかけて。それで、起きてくれたらなと思ったんですけど」

「苦しんじゃった？　大丈夫だった？」

「ちょっと目を離したときに……。ずっと息はしていたんですけど、ちょっとこっちでコーヒーとか用意して、さあ飲もうかってパッと見たらもう、息が止まっていたものですから」

瀬角医師が横たわる伊鈴さんに近づき、手を握って声をかけます。

「静かに逝《い》けたね。お疲れ様。昨日頑張ったね」

瞳孔を確認し、ご臨終を告げました。

２０２２年９月28日10時52分　三嶋伊鈴さん　57歳で逝去。

流れ続けるホームビデオ。

瀬角医師が書類を準備し、テレビ画面に目をやりながら言います。

「目を落とすまで耳は聞こえるっていうから、ビデオの音は聞こえていたと思うよ。それで穏やかに逝ったんじゃないかな」

「そうですか。あっ、これは横川ですね。横川の鉄道公園。健渡いないじゃん。だいぶ前だ」

「あ、お父さん若い！」。優華さんが若かりしお父さんの姿に驚いていると、一生懸命、変顔をして遊具をこぐお父さんが映し出されました。

「あははは！」。一同爆笑。

その傍らでは、すでにエンジェルケアを施された伊鈴さんが、静かに横たわっています。ようやくぐっすり眠れたような穏やかな表情です。

昨日、最後の力を振り絞って、家族にメッセージを残した伊鈴さん。学校から帰ってきた健渡くんにも「ありがとう」を伝えました。健渡くんも「ありがとう。大好きだよ」と伝えることができました。

優華さんも、二人きりで話をしました。「ベッドの横においで」と言われて一緒に寝転がると、頭をギュッと抱きしめて、お母さんは言ってくれたのです。「辛いことがあっても、優華なら絶対できるから、大丈夫だよ」と。

最期まで家族を愛し、支え続けた57年の人生でした。

家で看取るということ

瀬角医師を見送ったご家族に、中村記者が声をかけます。

――少し思い出話を聞いてもいいですか？

優華さんが話し始めます。

「弟が学校行くよって言ったときに、涙うっすらしてたよね。その後しばらく呼吸していたんですけど、私が朝ご飯を食べて、お父さんがコーヒー作ってて、一回見たときは普通に呼吸してて。あー生きてる生きてるって思って、お父さんが作り終わったらもう息がなくて……」

その日、健渡くんは学校へ行っていたため臨終に立ち会うことができませんでした。学校に着いてすぐ、1時間目の準備をしていると先生が言いました。「ご家族から連絡があったから、すぐに家に帰りなさい」

健渡くんは「あっ……」と思ったものの、「きっとギリギリだから呼んだんだ。急げばまだ会える」。そう信じて家に走りましたが、そこには再び目を開けることはないお母さんが横たわっていました。

――みんなと一緒の場所で安心して?

「ホームビデオも流れてたし」と、優華さん。

「だめですね、作戦失敗だったよね」と浩徳さん。

――お父さんが最初に気づかれて？

「はい。コーヒー作って飲もうかなって。見えないからこっちに移って。あれ？止まってるぞ？　って。そこからバタバタしていました」

「（お母さんを見ながら）起きてきそう、本当に」と言って優華さんは「ふふっ」と笑います。

「動いてるんじゃない？」とさらに浩徳さんも笑いながら、

「勝手に殺さないでくれる？　って。ふふふ。言ってきそう」と優華さん。


インタビューをしながら、中村記者は不思議な気持ちに包まれていました。泣いているけど笑っているご家族。大切な人を失った直後で、とても悲痛なはずなのに、そこには昨日と変わらない空気を感じたからです。家族の温度感や場の雰囲気が昨日と同じ。昨日目撃したものがそのまま残っていました。

これが、家で看取るということなのでしょうか。

中村記者はそう強く感じました。

ちなみに、この特別な空気感を伝えるために、後日オンエアされた番組では、永眠した伊鈴さんの顔も映し出されました。通常、遺体を映すことはありません。

しかし、あまりにも穏やかで、温かい空気がそこには流れていました。それを視聴者の方に届けるためには、ありのままを映し出すことが最善だと判断したからです。苦情が寄せられることは一切ありませんでした。


インタビューを終えて、家を出るとき、優華さんが中村記者に言いました。

「お母さんが最後に食べたのって、中村さんが持ってきてくれたシャインマスカットなんですよ」

実は、以前伊鈴さんがナシを食べている様子を見た中村記者は、「そうか、お母さん、果物なら食べられるのかも」と思い、「今の時期なら何だろう。シャインマスカットなら食べやすいかな」と、手土産として渡したことがありました。

優華さんが「食べたい？」と聞いたら、「食べたい」と言うから食べさせた。それが最後だったんですよ、と優華さんは話してくれました。

そんな優華さんの様子を見て、中村記者は胸が締め付けられました。「その話自体はすごく嬉しいけど、私に気を使って、こんな風に優しくしてくれるなんて……」

取材中も、お母さんを亡くしたこの日も、優華さんはずっとてきぱき動いていました。看護師さんの手伝いをしたり、集まってくれた親戚にお茶を出したり。そんなことをしなくても、今は悲しみに暮れていていいのに。

大丈夫かなと心配していたところ、そんな気遣いをしてくれたので、胸が苦しくなってしまったのです。

「そんなにしっかりしなくていいから、いっぱい泣いていいんだよ」

中村記者がそう言うと、優華さんの目に涙があふれ、張り詰めていた感情がパチンと弾けたかのように、「うぅっ」と顔を覆いました。

第5章　絆

葬儀

２０２２年10月２日。秋晴れの日。伊鈴さんの葬儀が執り行われます。

その数日前、優華さんは押入れからアルバムを引っ張り出してきて、ページをめくっていました。

目的は２つ。一つは遺影用の写真を探すため。もう一つは、葬儀場の入り口に飾る色紙を用意するためです。

遺影用の写真は、実は生前、本人が指定したものがありました。

９月５日。浩徳さんのＬＩＮＥに、伊鈴さんから「遺影希望」というメッセージとともに写真が３枚届いたのです。

一枚はいちご狩りで、いちごを頬張る瞬間の写真。一枚は、飲み物を飲んでくつろいでいる様子。もう一枚は、まだ幼い健渡くんとのツーショット写真。

遺影希望!!

どれもラフな写真ばかりです。そのため「う～ん、さすがにこれが遺影はまずいだろ」ということで、家族会議の末、あえなく却下。

お母さんが希望した3枚は、額縁に入れて別途、会場の入り口に飾ることにしました。

もう一つの目的である色紙は、優華さんからお母さんに対する、感謝の気持ちを表すためのものです。

成長アルバムを受け取った優華さんは、自分もお母さんに何かお返しをしたいと思いました。だから、元気だった頃のお母さんの写真を切り貼りし、お母さんが生きた軌跡を形にして、参列者にも見てもらおうと考えたのです。

古いアルバムの中には、子どもの前では見せたことがない表情の、仲睦まじいお母さん、お父さんがたくさんいました。

「今だったら、ムリムリムリムリムリって言うんだろうな」

そんなことを考えながら、準備を進めていきました。

ISUZU
THANK
YOU
CUTE!

葬儀場。
親戚や友人など、数十名が伊鈴さんとの別れをしのんでいます。
そして、ご家族の弔辞が始まりました。

健渡くん弔辞

お母さん。
がんというのを知ったのは1年前くらいで、
それまでずっと隠していたけど、
全然そうと思えない生活ぶりで。
そのことも忘れるくらい

元気で過ごして……。
いつか治ってまたずっと同じように過ごせると思ったけど……。
自分は何も考えなくて、軽く考えがちだったから、
特に手伝いもせずに、ごめんね。
お母さんがこうなると思わなかったし。
家事だって今まで全部一人でやって、
最近になってそれがどれだけ大変だったか、
やっと知るようになって。
ずっとお母さんが元気なときにやってればなんて……。
今までずっと仕事とか、家事とかやってきたから、
これからはゆっくり休んでね。

優華さん弔辞

お母さん。
紙とか何も用意してなくてごめんね。
本当は最後にしっかり紙を用意したかったんだけど、
お母さんがこんなことになったのがまだ信じられないのと、
伝えたいことが多すぎるのと、
葬式の準備で、優華は不器用だから、
いっぱいいっぱいになっちゃって。
今考えながら言うけど、最後にちょっと聞いてください。

お母さんの喪服を今日、着ました。
お母さんが帰るときに、ババの家から持ってきて、

「優華、葬式のときはこれ着てね」って、2階にしまっておいてくれたって。

先のこと、葬式なんて先だと思っていたし、亡くなったときのことまで心配しなくていいのにと思ったけど、本当に着るときがくるなんて思いませんでした。

お母さんが死ぬときのことまで心配して、自分で用意してくれて。

夜ご飯だって優華が学校から帰ってきて作るから、「お母さん休んでていいよ」って言ってるのに、学校帰ってきたら、「もう、ちょっと限界で立てなかったけど、ここまで作っておいたから」って、もう8割くらいできてるから、もうやることないじゃん。「やらなくていいんだよ」って言ったら、「優華は遅いから。実習で疲れてるから、その分できるときにやっておかなきゃ」って言ってくれて。

若い頃に働いてたときの話とか、デートしてるときの写真とか、お母さんが亡くなってから聞いたり見たりとかして。知り合いの人にも「いっちゃん、すごかったんだよ」って教えてもらって、自分のお母さんが、改めてこんなに人のことを気遣って、自分のことをてきぱきこなせるすごい人なんだなって、すごく思いました。

優華には到底無理で、
お母さんがほぼ寝たきりになったときとか、体拭いたりしたけど、看護師さんじゃないし、痛かったりとかあったと思うけど、声に出さずに、いつも「ありがとう」って。
自分が一番辛いのに、
優華とか家族のことを心配して、

「ありがとう」とか、
「ごめん」とか、いっぱい言ってくれて。
何も自分は返せなくて、本当に申し訳ないです。

最後にわがままを言うなら、
……このままおうちに
一緒に帰りたいけど……。

お母さんは頑張ったから、
すごい頼りない3人だけど、
ゆっくり休んでください。
21年、ありがとうございました。
大好きだよ。

浩徳さん弔辞

本日は葬儀にお越しいただき、ありがとうございます。
伊鈴は4年ほど前から、体調が優れない、食欲がなくなったと漏らしまして、
病院に行って診てもらいなよと言いました。
その際に、がんであると言われて、
色々言われたけど何言ってるかわからないということで、
僕が一緒についていくからもう一回話を聞きに行こうと。
がんだったら手術すればなんとかなると。

そうしましたら、胆のうがんで、そこから肝臓に転移していましてステージ4。
手術は無理ですと。
薬でやるしかないという風に言われてしまいまして、

そこで私どもの生活はガラッと変わったような状況になってしまいました。

隔週の一日は朝から晩まで点滴。
肝臓から出る管が、もう胆のうに、胆汁が出ないということで、
パイプのようなものを入れたりしてきました。

彼女から強く言われたのは、
みんなには言わないで、親兄弟だけにしてくれと。
家族でも、優華だけ。
健渡はまだ小学校5年生でしたので、
言わないでくれと。
だから健渡には申し訳なかったけど、
平静を装いながらやっていました。

いっときはがんも小さくなって。
まぁ本人も、抗がん剤の副作用もそんなに出なくなってきたときもあって、
先生に「小さくなってきたね」と言われたときは嬉しくて、
もしかしたら治るんじゃないかという期待も持ってはいたんですけど。
今年になってから大きくなってきまして、
その薬は使えないという風に言われて、
別の薬を試してみたんですけど、
その部位の薬が少なくなって。
どんどんがんが大きくなっていくのをCTとかで見て、
言葉も出なくなって。
その頃には健渡には症状を伝えたわけですが、
8月になって歩けなくなってきまして、
そのときに主治医の先生から、
1か月もたないよと言われてしまいまして。

このまま入院してしまうと、もう最期まで会えなくなるから、家で診られるようにしましょうということで在宅医療をすることになりました。

在宅医療は、看護師さんが24時間、連絡すればすぐ飛んできてくれて、先生と連携をとりながら、あらゆる薬をベッドに置いて対処できると。痛みはほぼないように。

辛さはあったと思いますけど、痛みはほとんど感じないような感じで、私どもと過ごすことができました。

その中で、今までは普通に「おやすみ」と言っていたんですけど、最後のほうは必ず、

「おやすみ、ありがとね」と言ってくれて。

「そんなこと言わないでくれよ」っていう会話はしていたんですけど、常に「ありがとうありがとう」と、人のことを気にする彼女でした。

話しかけても応答がない状況になってしまったんですけど、
息はなんとかしている状況だったので安心して、
ちょっと目を離して、本人を見たときはもう息が止まっていたという。
本当に静かに息を引き取ってしまった、という状況でした。

本当にみなさんのおかげで、
なんとかそういう形で彼女の最期に立ち会えたことに感謝しています。
病院に行ってしまえば会うことも会話することもできなかったので、
本当にありがとうと感謝の言葉を伝えたいと思います。
伊鈴が生前、皆様方から賜りましたご厚情に感謝します。
残された私どもは未熟ですが、
変わらぬご厚情を賜りますよう、よろしくお願いします。

不思議な縁

それから、浩徳さんが参列者の方々に挨拶をして回っていたときのことです。葬儀場のスタッフの方が、声をかけてきました。

「私、伊鈴さんと知り合いなんです」

話を聞いてみると、その方は、伊鈴さんと以前同じ会社に勤めていたそう。浩徳さんと出会った頃に勤めていた会社です。

今は転職して葬儀場に勤めており、たまたま伊鈴さんの葬儀を担当することになって驚いたとのこと。

そして、浩徳さんが出会う前の伊鈴さんの話をしてくれました。

「実は、伊鈴さんにはファンクラブがあったんですよ」

きれいで働き者で、気配りもできる伊鈴さんは、社内でとても人気があったそうです。浩徳さんは、そんな話を一度も聞いたことがありませんでした。

「私のことは別にいいから」。そう言いながらてきぱき家事をこなす伊鈴さんの姿が浮かんでくるようでした。

1か月たって

伊鈴さんが亡くなって約1か月がたった頃。中村記者は三嶋家を久しぶりに訪れました。

年内には放映したいと思っている、三嶋家の特集。その前に、残された家族の様子を知っておきたかったからです。

3人はリビングで横並びになって正座をし、話をしてくれました。

まずは浩徳さんにお話を聞きます。

――今、どのように過ごされていますか？

「その当時は妻のことを第一優先でやってきて、1か月たって落ち着いてきてはいますけど。ふと思い出したときには、あのときはもうちょっとうまくできたのかなとか、そういう後悔みたいなのが後から出てきて。遡って病気がわかった時点とか、そういう気持ちを思い出したりして、もっと早く気づいてなんとかできたんじゃないかという気持ちもわいたりして。なんて言うんですかね、そういう状態が続いています」

続けて、今にも泣き出しそうな優華さんにも話を聞きます。

「お母さんが、やってた家事とかを3人で分担してやるようになったけど、やっぱり学校帰ってから、ご飯作って、片付けして、自分のことしてとかは、1か月、やっぱり大変ですね。洗濯とか、みんなで分けてやってるからできてるけど、それを一人でやってたのはすごいなと思うし。もっと手伝ったり、そういうこともできたなって。やっぱり、頑張っててもたまに戻ってきてほしいなと思っちゃいます」

――どんなことが印象に残っていますか？

「ちょっと体調が悪くなってきて、最初のほうに夜ご飯を作ったりすると、ごめんねって何回も言われていたんですけど、最後の方になったら、もう、何をしてもありがとうって。感謝の気持ちを伝えてくれたのは、本当にすごい印象に残ってて。自分も絶対辛かったはずなのに、気を配れるのは、すごく強い心を持っているんだなと思いました」

――お父さんは、「こんなに優しいお父さんはいない」って言われてましたね。

「嬉しかったですね。ふだんは全然そんな会話じゃなかったですね」

「お父さんいないときに、優華とかに、『本当にいい人見つけた』って。わがまま言っても、文句言わずに『いいよ』って。何か食べたいって言ったらすぐに買いに行くし、なければ何軒でも買いに行くし。お母さん思いで」と優華さん。

――そうですか。ありがとうございます。

中村記者が取材を始めたとき、すでに伊鈴さんの病状は進行していました。だから当然、体調に気を使わないといけないし、それほど長く話すこともできませんでした。

けれども、インタビューが進み、伊鈴さんの人柄を知るにつれ、どんどん伊鈴さんが身近に感じられてきます。

「ああ……私、こんなに素敵な人とあまりお話できなくて、残念だったな」

そんな気持ちが自然とわいてきました。

寂しさを覚えながら、今は味噌汁担当だという健渡くんにも、現在の思いを聞きます。

「1か月たって。まぁ、たまにお母さんのことを考えて、まだいてくれたらなって思う時はあるけど……。生活は、2か月くらいずっと同じようなものなので、あんまり、あれですけど……」

――お母さんはどんな人だった？

「学校から家に帰ってきたときに……。いつも『おかえり』とか言ってくれて」

セーターのすそでさっと涙を拭い、言葉を続けます。

「ご飯とか作ってくれたりしていて、それをいつも、おいしいものを出してくれてたとか……。そういうことです」

涙に濡れる3人の顔を、窓から差し込む日差しが照らします。日差しは涙に反射してキラキラ輝き、3人を優しく包みこんでいます。それはまるで伊鈴さんが「大丈夫だよ。頑張って」と励ましているかのように、清らかな温かさであふれていました。

母が残したレシピノート

インタビュー中、料理の大変さに話が及んだときのことです。

「こんなのもあるんですよ」と、1冊のノートが差し出されました。

ページを開いてみると、1ページ目には大きく「三色丼」という文字。材料と工程が、イラストと共に書かれています。

他のページも同様です。料理名と材料、その工程。「お父さんには納豆のカラシをつけてあげて」など、家族ならではのアドバイスも至る所に記されていました。

伊鈴さんが家族に残した、レシピノートです。

「すごい……。こんなものが残されていたのか」

中村記者は息を呑《の》み、心の中でつぶやきました。

優華さんは、実際にこれを見ながら料理を作っていると言います。それを聞いた中村記者は、伊鈴さんが家族に残したものの大きさを改めて感じました。

この日の会話の中で、成長アルバムや闘病記のことも知りました。もちろんそこにも、お子さんを喜ばせたい、家族が心配でたまらない、家族思いの伊鈴さんの姿が見えます。しかし、その中でも、このレシピノートは、三嶋家の絆を表す最たるものに思えました。

保育園で調理師として働いていた伊鈴さん。

いつも伊鈴さんの手料理を、おいしいおいしいと言って食べていた子どもたち。

立てなくなるギリギリまで、「ここが自分の居場所だから」と言って台所に立っていた伊鈴さん。

最期のとき、「手料理、おいしかったよ」と伝えていたお父さん。

お母さんが作る料理は、いつも三嶋家の中心にありました。

伊鈴さんが作る料理が、三嶋家を明るく、温かく育んでいたのです。

聞けば、亡くなる数日前、これは偶然出てきたそうです。

優華さんが何か探し物をするために、お母さんのバッグの中を見ていたら、レシピノートと闘病記があったそう。その頃はもう、ほとんど会話はできなかったため、いつからこんなものを書いていたのか、いつまで書いていたのかは不明です。

けれども、おそらく最初に書き始めたのは、2018年の入院時。なぜなら「闘病記」の中に「優華が三色丼　作るからレシピ教えてと言うので　紙に書いてたら結構　時間つぶしになった。」という記載があるから。

在宅医療が始まってからも、書き続けていたかもしれません。料理を一手に引き受けることになった優華さんは、「自分で作れるようにレシピが欲しい」と言ったことがあったからです。

今度、料理を作っているところを撮らせてほしいと言い残し、中村記者は三嶋家を後にしました。

何度も作ってくれた母の味

優華さんは買い物を済ませて、準備に追われていました。

中村記者に頼まれた夕食の取材日です。

何を作ろうか迷った結果、「三色丼」「手まりシューマイ」「なめたけのサラダ」を作ることにしました。

いくつか作った中で、この3つは特に簡単でおいしく出来上がるので気に入っています。

準備をしながら、ふと思います。

「もっとお母さんの料理の手伝いをしておけばよかったな」

自分で料理を作るようになってから、お母さんの大変さが身にしみてわかるようになりました。

昔は、足手まといになると思って、ろくに手伝いませんでした。

だけど今。味噌汁担当の弟が、味噌汁を作ってくれるだけでもとっても助かる。それだけで、全然違います。だから「やっぱり手伝っておけばよかったな……」という思いにどうしても駆られます。

そんなことを考えていると、キャベツを買い忘れたことに気が付きました。

「お父さんごめん、キャベツ買ってきて！」


約束の時間。中村記者が三嶋さんの家の前に到着すると、キャベツを持ったお父さんに遭遇しました。

「キャベツだけ足りなかったので、今買ってきました(笑)」。お父さんの笑顔につられ、中村記者も笑顔でおうちにお邪魔します。


トン、トン、トン。

台所でニンジンを切る音が響いています。味噌汁担当の健渡くんです。

優華さんも、レシピノートを見ながら準備を進めていきます。

「今日は全部ここにあるのを作ろうかなと思って」

料理は得意なほうではありませんが、お母さんのレシピがあるから安心です。

「お母さん、いつも分量とか基本的に適当にやってるんですけど、塩こしょうとか『パッパッパッ……6回ぐらい』とか書いてあるんですよ。私に『少々ってどのくらい?』って聞かれるとか、そこらへんまで考えてやってるのかも」

料理が完成。

帯状に切った皮を肉団子にまとわせる

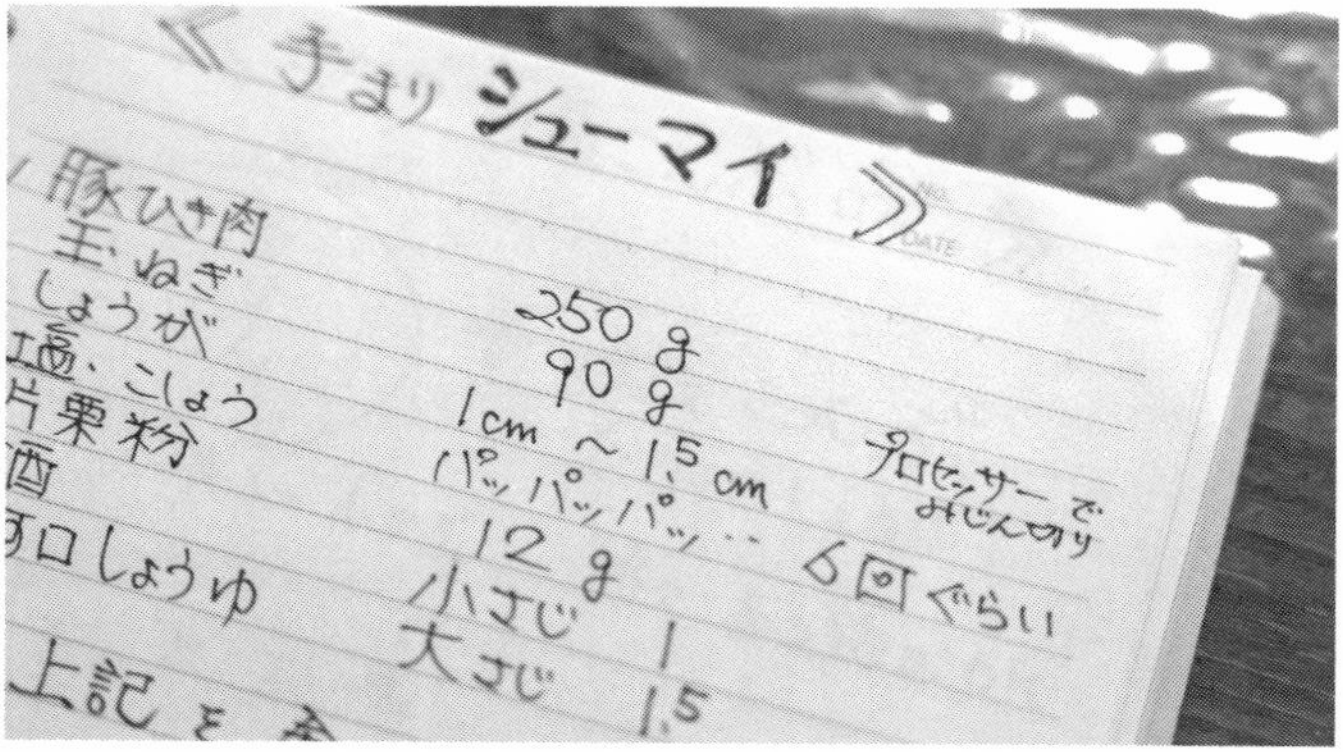

「手まりシューマイ」。

たまご、そぼろ、オクラがのった「三色丼」。

なめたけが食感のアクセントになる「なめたけのサラダ」。

どれも伊鈴さんが何度も作ってくれた母の味です。


お父さんが小皿にご飯をよそって、お母さんの仏壇に供えて手を合わせます。

その間に、健渡くんと優華さんが料理を食卓に運んで着席。

「今日はわりと、てきぱきできたんじゃないでしょうか(笑)」

「じゃあ食べましょう」

「いただきます」

「おいしいよ」。優華さんの目を見て健渡くんが言います。

「うん。味付けもいいんじゃないですか？　よかったね、これね、お母さんの味が継承できてるから」。お父さんも感想を伝えます。

「100点？」と、優華さん。

「100点！」と、お父さん。

「いつもは？」と、問いかける健渡くん。

「いつも100点だよ」

お父さんの言葉を聞いて、子どもたち二人は満足気な笑顔を見せました。


3人で囲む食卓。しかし、そこには伊鈴さんから受け継いだ料理があります。

闘病記　ラスト1ページ

夕食の取材を終え、中村記者は浩徳さんの了承を得て、闘病記とレシピノートを借りました。中身を撮影するためです。

会社に戻り、ぱらぱらとページをめくっていたときのことです。

「あれ？」

闘病記をよく見ると、最後のページだけ筆跡が異なることに気が付きました。

4月22日で終わっていた闘病記に続きがあったのです。

しかし、書いたのは伊鈴さんではありません。

健渡くんでした。

日付は、お母さんが亡くなった当日「9月28日」。

「どんな気持ちでこれを書いたんだろう」。胸が締め付けられる思いで、そっとページを閉じました。

お母さんが亡くなる数日前。

健渡くんはお父さんに「お母さん、こんなの書いてたから読んでみな」と、闘病記を渡されました。

B5サイズのノートの表紙には、「お母さん　闘病記」の文字。中にあったのは、自分の身を案ずるよりも、家族のことばかり気にかけている母の姿でした。

思えば、家族の中で自分だけお母さんの病気のことをずっと隠されてきました。今年に入ってから本当はがんだと知らされ。ついには余命1か月だと知らされ。

「本当の病名ぐらい知っておきたかった」。そう思ったこともありました。けれども、当時小学5年生の自分が、本当のことを知ったところで、結局何もできなかっただろうという虚しさもあります。

だから、お母さんが闘いを終えたとき。部屋で一人、ペンを取ったのです。

「ありがとう」と「お疲れ様」を届けるために。

R4　9月28日(水)

つらかったかね？
本当に静かに息を引きとったそうだね。
3年間　つらかっただろうに
ろくに手伝いもせずにごめんね。
お母さんは全然だめじゃないよ。
ちょっと何でもやりすぎな優しい
いい母だったよ。
もうお母さんとはしゃべれないけど

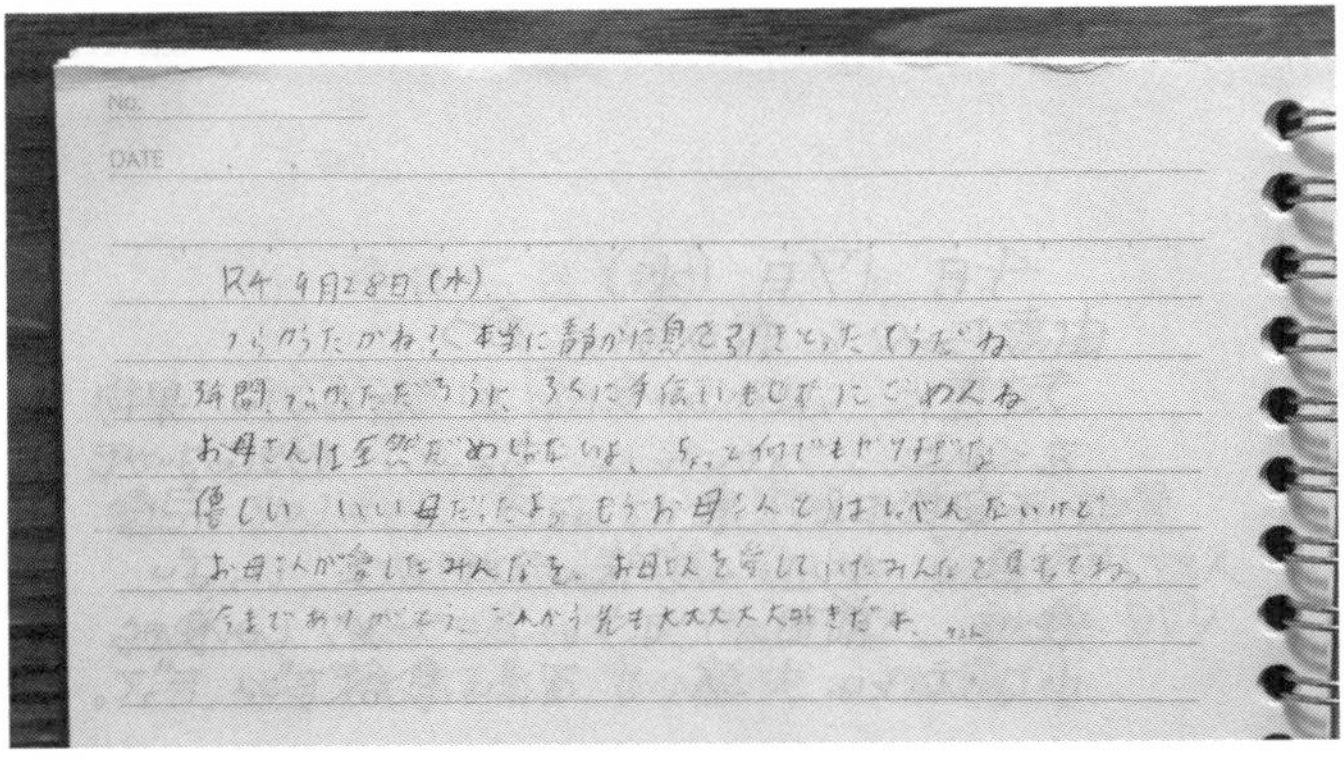
R4 9月28日(水)
つらかったかね？ 本当に静かに息を引きとったそうだね。
3年間 つらかっただろうに ろくに手伝いもせずにごめんね
お母さんは全然だめじゃないよ。ちょっと何でもやりすぎな
優しい いい母だったよ。もうお母さんとはしゃべれないけど
お母さんが愛したみんなを。お母さんを愛していたみんなを見守ってね。
今までありがとう。これから先も大大大大大好きだよ。

お母さんが愛したみんなを、お母さんを愛していたみんなを見守ってね。
今までありがとう。
これから先も大大大大大好きだよ。ケント

「新しい日常」

2022年の年末。『NBSみんなの信州』で三嶋家の特集が放送されました。放送の翌日。優華さんは、専門学校の同級生から「番組を見たよ」と声をかけられました。
実は優華さんは、学校の同級生には家の状況をほとんど明かしていませんでした。伝えていたのは、先生、実習班のメンバー、仲がよい数人だけです。

けれども、放送の翌日。あまり話したことがない同級生4人に言われたのです。

「昨日、居酒屋でテレビを見ていたら、優華ちゃんが出てきたからびっくりした」と。

その同級生たちは、実習が終わった打ち上げで、居酒屋に行っていたそう。すると、その日は三嶋家の特集が放送される日で、ちょうどその時間に、偶然にもそのチャンネルが選択されていて、番組を目にしたそうです。

「え? あれ、優華ちゃんじゃない?」と気づいて、びっくりしたし、みんなで泣いたと伝えられました。

優華さんは笑いながら言います。

「若い子って、今はあまりテレビを見ないし、しかもニュース番組なので、見る人いないでしょって思ってたんですよ。そしたら、そんなことを言われたので。いや、ごめん、居酒屋で楽しく飲んでるときにそんな暗いもの見せて……っていう気持ちになりましたね。バレないと思ったんだけどな」

一方、健渡くんは誰からも何も言われませんでした。ご近所の噂を通して、同級生の多くは家族の状況を知っていましたが、特に声をかけてくる人はいませんでした。

「俺は言われたくなかったし。よかったと思いました」

お父さんの元には、多くの声が届きました。

「顔見知りの人にはけっこう声をかけてもらいました。『見たよ』って。『そんなことがあったんだね。大変だったね』ということはけっこう言われました。たまたま見た伊鈴の仕事先の方からも、レシピとか、伊鈴が残したものがあるおかげですごく助かっていると、わざわざ連絡先を調べて伝えてくれた方もいて。本当に、伊鈴に元気づけられて、ありがたいと思ってくださっている方がいるという反応をいただいたのは、すごく嬉しかったです」

年末に放送された三嶋家の特集は、三嶋家に近い人だけではなく、世の中に対しても大きな反響を巻き起こしました。翌年2月に公開された番組公式YouTubeも、あっという間に300万再生を突破。コメント欄には様々な意見が書き込まれ、「大切な人の死」を考えるきっかけを多くの人に与えました。

そして、2023年4月。

優華さんは、訪問診療に力を入れている歯科医院に就職。「患者さんの気持ちに寄り添えるような衛生士さんになりたいなと思っています」と、笑顔で語ります。

健渡くんは高校生になりました。

学校では弓道部に所属。家では相変わらず味噌汁担当として腕を磨いています。

浩徳さんは、今も仕事を続けています。

毎朝、朝食と3人のお弁当作りに奮闘する日々。

家族それぞれに、新しい日常が訪れたように見えます。

しかし、お母さんが旅立った今、それを「新しい日常」と感じるのは、第三者だけかもしれません。

実際は、ガラッと違う道を進んで行く「新しい日常」が始まったわけではありません。大切な人が「いる世界」「いない世界」という風に、簡単に分けることはできないからです。むしろ、お母さんがいないからこそ存在をさらに強く感じる。今も近くにいるような気がする。けれども、触れられない、話せない……。

そんな、気持ちと現実との乖離《かいり》に打ちのめされながら、少しずつ這《は》い上がっていく地続きの生活が続いているのです。

受け入れられない

4月28日。この日は、三嶋家だけではなく合計3組のご家族を追った、看取りのドキュメンタリー番組が放送される日です。

その晩。録画していた番組を見るために、浩徳さんは、部屋にいた子どもたち二人に「見るよ」と、声をかけました。しかし、いつまでたっても健渡くんが来ません。

「おーい、見るぞ」

再度声をかけると、ようやく健渡くんもリビングへやって来ました。テレビの前に3人並んで座り、録画の再生ボタンを押します。

『最期を生きて―「看取り」支える訪問診療―』。番組は、優華さんと健渡くんが、レシピノートを見ながら夕食を作っているシーンから始まります。

それから場面が切り替わり、「2か月前」の文字。ベッドに横たわる伊鈴さんが画面に現れたときのことです。
健渡くんが泣き始めました。
最初は、シクシクだった泣き声は、次第に嗚咽へと変わっていきました。
「やめるか」。そう言って、浩徳さんは再生をそっと止めました。

「健渡が泣き出してしまったので、見るのをやめたんですけど、その後も30分くらい泣いてたんですよね。年末の放送は、ちょっと涙をこらえながらも見ていたんですけど、今回はまったく……。だから、より一層、思いが強くなっちゃってるんでしょうね。いないことを認めざるを得ないってことですかね」と、浩徳さんは言います。

このときのことを、中村記者も後日浩徳さんから聞きました。
肩を震わせながら言います。
「私たちは本当に、頑張っている健渡くんを取材させてもらっていて、笑顔を見せてくれて、ああやって頑張ってお味噌汁を作ってくれたり、高校入学の話をしてくれたりしてましたけど。やっぱり、お母さんを失った大きさというのは、もちろんそんなことで癒えるわけではないですし。本来であれば、一番お母さんにいてほしい。高校に入って環境が変わって、色々迷ったり困ったりする中で、それをすごく頑張ってこらえている時期だったんだろうなって思うんです。番組を見て泣き出してしまったっていうのを聞いて、やっぱり、わかった気になっても全然わかってないっていうか。いつか、ずいぶん先になってもいいから見てもらえたらいいなと思いますけど。健渡くんのペースで進んでいってほしいと思っています」

この本を制作するにあたっても、編集スタッフがまだ高校生の健渡くんに話を聞くことはためらわれました。傷口に塩を塗ることになるのではと思ったからです。

しかし、健渡くんは三嶋家の一員です。本を出すことも了承してくれました。

それにもかかわらず、一人だけ取材をしないというのは、むしろ失礼だという結論に至り、ご協力いただきました。

取材中も、健渡くんは泣きませんでした。時折笑顔を見せながら、お母さんとの思い出を気丈に語ってくれました。

けれども、その胸の内を知る由はありません。

しっかり者の優華さんも、ご臨終の前日に撮影していたお母さんの様子を再生しながら言いました。

「この動画は、たまにご覧になってるんですか？」と聞く編集スタッフに対して、

「いえ、見ると辛くなってしまうので、あまり見ることはないです」と。

その答えを聞いてすぐ、浅はかな質問をしたことを恥じました。いくら寂しくても、気軽に見返せるものではありません。辛い気持ちを抑えて、少しでもお母さんの人柄を伝えるために見せてくれただけなのに。

浩徳さんも、レシピノートを見るのは辛いと言います。

「文字を見ると泣けてきます」と。

瀬角医師は言います。

「愛する人を失うと、非常に悲しむ。辛い。喪失感を感じる。でもそこから這い上がってくるためにも、最期の時間、あんなことやった、こんなことで頑張ったな、こんな話をしたな。そういうことを思い起こしながら、自分の心の中で亡くした人と会話をすることが、苦しみ、悲しみから立ち直る力になっていくんです」と。

そしてもし、ご家族にお会いすることがあったら、〝今〟の話をしたいと言います。

「今どう生きてるの？　っていう話をやっぱり聞きたいですね。今どう生きていて、何を思っているのかなって。悲しかったり苦しかったりするのは当然なんだけども。でも、今どんな風に生きて、考えて歩んでいるのかっていうことを聞きたいです」

残された家族の〝今〟は、これからも続いていきます。

絆

2023年6月。

この本の数回目となる取材日は、偶然にも浩徳さんの61回目の誕生日でした。なおかつ、父の日です。

健渡くんは靴をプレゼントしたそうです。

「お父さん、ちょっとドジなんで……」と言って話してくれたのは、温かい家族のエピソード。

以前、車に一緒に乗っていたとき、お父さんがコーヒーをこぼして、健渡くんの靴が濡れてしまったそう。しかし、ちょうど車内に、お父さん用の新品の靴があったため、それをもらったという出来事がありました。

「お父さんがその靴をワークマンで買ったと言っていたから、俺も、ちょっと違うけどワークマンで1900円の靴を買ってあげました(笑)」

聞くと、それはお母さんの分骨をしに行く車内での出来事でした。相変わらず、ちょっとドジなお父さんを見て「またやってるな」と、伊鈴さんは笑っていたかもしれません。

優華さんは、肌着をあげました。本当は、アップルウォッチをプレゼントしようと思っていましたが、その矢先、新しい腕時計をつけて、はしゃいでいるお父さんがいました。「3000円で、いいのが買えた」と誇らしげです。「危なかった~と思って。もう時間もなかったんで、肌着をあげました(笑)」と、優華さんは言います。

浩徳さんは言いました。

「家事も料理も不慣れですけど、優華と健渡が協力してくれるので助かっています」

浩徳さんや優華さんがいないとき、健渡くんは言いました。

「お父さんは、優しいです。全然怒らないし、自分より他人優先。姉は、お母さんに似ています。お母さんが亡くなる1か月前とか、まぁ俺、勉強しなきゃいけなかったんですけど、ほとんどお母さんのところにいたんで、『あなたはちゃんと勉強しときなさい』みたいな感じで怒られたり。でも、基本的に結局優しいです」

優華さんは言いました。

「弟は、私が高校生だったら絶対に嫌なんですけど、味噌汁だって手伝ってくれたりとか、家のことしてくれたりとか。嫌な顔をせずにすぐ、言ったことをやってくれたりするんで、すごいなって思っちゃいますね。だけど、口下手っていうか、それこそ『ザ・お父さん』の血を引き継いでるみたいな。そこまでおしゃべりな感じではないんですけど、いろんなことに気づいてくれるんですよね。とてもいい子なんです。お父さんも、天国のお母さんがびっくりするくらい、家のことを色々やってくれてます」

お互いの話をするとき、浩徳さんも、優華さんも、健渡くんも笑顔になります。伊鈴さんの話をするときもそうです。涙ぐんでしまうこともあるけれど、基本的には笑顔。とても温かくて、優しい空気が漂います。

お母さんのお墓は、勤めていた保育園の近くの、見晴らしがいい場所に決めました。家からは少し離れていますが、以前お母さんが話してくれたことを優華さんは覚えていたからです。

それは、2022年8月末。お母さんの体調が日に日に悪化し、職場へ退職の挨拶に行ったときのことです。すでに車を運転できる状態ではなかったお母さんを心配し、優華さんはお母さんを保育園まで送って行きました。

駐車場に車を停めて、坂を上がりながら色々な話をしました。最近は坂道を上ることが辛くなったこと。体は痩せたけれど、腹水でお腹がふくらんでいるため、着られる服がなくて大変だったことなど。

優華さんはそのときのことを次のように振り返ります。

「その山から見下ろせるところにお父さんの会社があったんですよ。そうしたら、『私は毎日ここを通って仕事に行くときに、お父さんの会社のほうに向かって、〝今日も一日頑張ろうね〟って、心の中で思って行ってたんだ』という話を聞いて。それを聞いていたから、お墓の場所をどうしようかってなったときに、お母さんが見守ってくれるように。まぁ、うちもだいぶ遠いですけど、多分こっちの方面だから、お父さんの職場も見えるし、うちも見えるだろうということで、そこから見守っててもらおうよって話して、そこに建てたんです」

愛する家族との別れ。

それは、たしかに簡単に乗り越えられるものではありません。

けれども、一緒に過ごした時間、交わした言葉、大切な人が残してくれたものが、家族の日常を支えていきます。

伊鈴さんが残したレシピノートは、これからもずっと、母の味、母との思い出、家族を思い合う大切さを伝えていくことでしょう。

3人が囲む食卓を、今日も写真立ての中で伊鈴さんが見守っています。

おわりに

伊鈴へ

まさか本を出すことになるなんてね。NBSの取材やYouTubeだけでもびっくりだったのに。

本はずっと残るし、しかも、うちは本当に普通の家庭だから、お話しできることもあんまりないし。お引き受けするか、すごく迷ったよ。

でも、YouTubeのコメント欄、すごかったでしょ？　みなさん、すごく色々な思いを抱いてくださって。誹謗中傷もないし、考えさせられるコメントがたくさんあったよね。だから、この本も、どれだけの方が読んでくださるかわからないけど、誰かが何かを考えるきっかけに少しでもなればいいなと思ってお引き受けしました。

こんな、まさかの展開を天国で見ながら、伊鈴は「私のおかげよ」と言ってるかもしれないね。

最近は、「やっぱり母親は偉大だな」と感じています。母親の代わりに父親って、なかなか難しいね。特に健渡は、学校から帰ったときにはお母さんが毎日必ずいて、「おかえり」って言われてたから。それが無いというのがすごく気になって、かわいそうだなって。だから、気を紛らわすために、ＬＩＮＥで「おかえり」とか、お母さんの代わりにやったりはしてるけど、やっぱり違うよね。

料理は、優華と健渡にも協力してもらいながら頑張っています。僕は朝ご飯と、3人分の弁当を担当。ちなみに今日の朝ご飯は、目玉焼き、ソーセージ、ベーコン、サラダ、キウイ。弁当は、ほぼ冷凍物をチンしてはめる感じだけどね。うまくはめないとずれちゃうから、意外と難しいね。

あと、昔は夜遅くに帰宅して、自分もそれなりに疲れているのに、「一人でレンチンかぁ」なんて思っていたけど、ごめんね。一人、食べるタイミングが違う人がいると、献立を考えるのもすごく大変になるんだね。何もわかってなかったよ。本当にごめん。

伊鈴ががんになったことも、後悔でいっぱいです。遺伝とかではなくて、ストレスの影響も大きいという話をどこかで聞きました。ストレスを抱えていたのかな。家のこと、全部任せっぱなしだったもんね。もっと早くから僕がちゃんとできればよかったんだけど。

最後の1か月間はとにかく必死で、実はほとんど覚えていません。たまたまコロナの時期だったから、うちは在宅医療を選んだけど、もしコロナじゃなかったら、どうしていただろうね。在宅医療なんて選択肢にも挙がらずに、入院を選んで、そのまま会えなくなっていたかもしれないね。

だけど、在宅医療を選んでよかったと僕は思っています。家族が最後まで一緒にいられる方法の一つとしてね。もちろん、家族はちょっと大変だけど、医療関係の方がフォローをしっかりしてくださったし。痛みについてもなんとか緩和してもらえたから、よかったなって。苦しむ伊鈴の姿を見るのは辛かったけど、それは多分、病院にいても同じだから。

もちろん、状況にもよるし、あまり家族に迷惑をかけたくないから病院でという方もいるだろうから一概には言えないけれど。一つの選択肢としては、ありかなと思いました。伊鈴も、家で家族と過ごしたことで安心して旅立てたのなら、よかったなって思う。


レシピノートは、僕にはちょっとレベルが高いよ。だから、優華に任せてばかりなんだけど、伊鈴の存在を感じています。

本当に、素晴らしいものをたくさん残してくれました。ありがとうね。あなたは本当に偉大な人でした。これからも、伊鈴が残してくれたものを大切に引き継いでいきます。天国で見守っていてください。

三嶋浩徳

2023年11月

本書は、長野放送『最期を生きて―「看取り」支える訪問診療―』を元に制作したノンフィクションです。

写真提供：長野放送、三嶋家

家族のレシピ

2024年1月25日　第1刷発行

著　者　NBS「看取りを支える訪問診療」取材班
発行人　見城 徹
編集人　菊地朱雅子
編集者　松本あおい
発行所　株式会社 幻冬舎
〒151-0051 東京都渋谷区千駄ヶ谷4-9-7
電話：03(5411)6211(編集)
03(5411)6222(営業)
公式HP：https://www.gentosha.co.jp/
印刷・製本所　中央精版印刷株式会社

Printed in Japan
ISBN978-4-344-04220-9 C0095

この本に関するご意見・ご感想は、下記アンケートフォームからお寄せください。
https://www.gentosha.co.jp/e/